두 평 반의 진땀 나는 야구세계

두 평 반의
진땀 나는
야구세계

샤우팅과 뻑사리를 넘나드는
캐스터의 중계방송 분투기

한명재 지음

차례

1장.

플레이볼:
야구 방송쟁이의
진짜 생중계

1. 살아 있는 '중계 장인'
빈 스컬리의 오프닝

"다저스 야구를 할 시간입니다.It's Time for Dodger Baseball."

LA 다저스의 전설적인 전담 중계 캐스터 빈 스컬리Vin Scully의 오프닝 인사말이다. 사실 이분이나 이분의 오프닝에 대해 잘 알지 못했고 별 관심도 없었다. 그런데 2013년, 스포츠 중계방송을 10년 넘게 했고 메이저리그 중계를 많이 해봤다고 자부했던 나는 특별한 경험을 하게 되었다. 어느 방송인을 알게 되고, 그를 통해 다시 야구를 보게 되고, 그간 내가 해온 중계방송과 캐스터로서의 지난날을 다시금 돌아보게 되었다. 나에게는 굉장히 인상적인 사건이었다.

그는 다름 아닌 류현진 선수가 만들어 준 인연, 전설적인 스포츠 캐스터 빈 스컬리. 이제는 국내에도 많이 알려진 인물로, 이분은 다저스에서만 무려 67년 동안 중계방송을 한 전설적인 인물이다. 사실 나는 꾸준하게 메이저리그 경기를 중계방송하는 동안 주로 선수들을 유심히 바라보고, ESPN(미국의 스포츠 채널)이나 FOX(메이저리그를 독점 중계하는 지상파 채널)의 몇몇 캐스터나 해설자를 눈여겨봤을 뿐, 지역 방송을 담당하는 60여 명이 넘는 방송인들에게까지 관심을 두지 않았다.

예전 〈메이저리그〉라는 영화에서 희화적으로 연기했던 밀워키 브루어스의 전설적인 캐스터 밥 유커Bob Uecker의 영향도 있었을 것이다. 전형적인 나이 든 할아버지 캐스터가 혼자 지루하게 설명하고 혼자 웃고 떠들며 가끔은 옆에 놓인 커다란 텀블러에서 알 수 없는 액체를 마시면서 껄렁껄렁하게 중계하는 모습이 자꾸만 눈에 걸렸다. 방송은 공정해야 하고, 시청자들에게 상황을 올바르게 전달해야 한다고 배운 한국의 새내기 캐스터에게는 더욱더 그렇게 보였다.

때문에 '빈 스컬리'라는 이름은 들어본 적은 있었지만, 그가 어떤 방송인인지 어떻게 중계방송을 하는지 찾아볼 생각을 하지 않았다. 심지어 2013년 4월, 류현진 선수의 데뷔전을 중계방송하기 위해 다저스타디움을 찾았을 때까지도 그랬다.

빈 스컬리는 다저스 중계석이 있는 미디어석(보통 '프레스 박스'라고 부르는데, 다저스타디움은 이곳을 '빈 스컬리 프레스 박스'라고 부른다) 한 귀퉁이에 자리를 잡은 우리 중계팀을 방문했다. 나에게 류현진을 어떻게 발음하는지, 자신의 발음이 정확한지 물어보았다. 아마도 그는 구단 내에 다른 한국인 스태프나 혹은 류현진의 에이전트에게 발음을 확인했을 것이다. 그럼에도 한국의 중계팀을 방문한 이유는 조금이라도 류현진 선수에 대한 정보와 한국 야구팬들의 메이저리그에 대한 관심 등을 알아보고 중계하면서 소개하려는 의도가 있지 않았나 싶다. 류현진 이름 발음에서 시작된 그의 이야기는 한참 동안 이어졌다. 다저스에서 뛰었던 박찬호, 서재응, 최희섭 선수부터 6·25전쟁 당시 인천 상륙작전에 이르기까지 다양한 주제를 꺼냈다.

'우와, 저 양반 정말 박학다식하시네! 참전 용사이신가?'

이런 생각을 하고 있는데, 다저스 담당 기자인 문상열

(전 〈스포츠 서울〉 특파원) 선배가 빈 스컬리와 이야기는 잘 나눴느냐며 그에 대해 대략적인 정보를 알려준다.

"대단한 양반이시네요 어떻게 50년을 넘게 그것도 한 팀에서 중계 캐스터를 할 수 있대요?"

방송 스타일이 독특해서 팬들이 엄청 좋아하거나 구단 과의 사이가 돈독한가 보다 짐작하는데, 문 선배가 씩 웃으며 한마디 더 보탠다.

"명재 씨, 저 양반 잘 모르는구나. 저분은 존재 자체가 다저스 야구의 시그널이야. 레전드급 선수들도 기껏해야 선수 생활 20년 정도 하잖아. 하지만 저분은 50년을 넘는 동안 다저스 경기를 중계했어. 우리로 치면 '야구계의 송해'인 거야."

보충 설명까지 들었지만 나는 그저 어렴풋이 굉장한 인물로 받아들일 뿐이었다.

정신없는 출장 일정을 마치고 한국으로 돌아오고 나서야 문득 빈 스컬리 캐스터가 떠올랐다. 내가 중계한 류현진 선수의 데뷔전을 그가 어떻게 중계했는지 확인해 보고 싶었다. 왜 그토록 팬들이 그의 중계방송을 좋아하는지 궁금했다. 노트북에서 그의 중계 음성을 듣고 10분도 안 되어 나는 혼란에 빠졌다.

시를 낭송하는 듯한 음성과 안정된 발성, 디테일하면서도 깔끔하게 정돈된 중계 구성, 투수의 투구가 이어지는 사이 적당한 포즈pasue와 적절한 에피소드 그리고 자연스러운 유머까지. 단순한 중계방송이 아니라 유럽의 오래된 미술관에 있는 도슨트를 만나 숨겨진 명작에 대한 설명을 듣는 기분이었다. 똑같은 캐스터로서 같은 경기를 중계방송한 나는 정말이지 쥐구멍에라도 숨고 싶은 심정이었다. '뒤통수 맞다'는 사전적인 의미가 내가 느끼는 이 감정이구나 싶었다. 그 이후 다저스 경기를 볼 때마다 그에게 빠져들었다.

그의 놀라운 기억력과 흥미롭게 풀어내는 일화들, 경기의 맥을 짚어주는 능력과 선수들 개개인에 대한 정보까지 듣고 있노라면 "중계는 이렇게 하는 거야" 하고 고수에게 한 수 배우는 느낌이 든다. 그의 방송을 들으면 들을수록 내가 갈 길이 아직도 까마득하기만 한 것 같다.

"어디에 계시든 오늘 하루 즐거우셨기를 바랍니다."

오프닝 인사 이후 본격적인 야구 경기에 들어가기 전에 그는 늘 이와 같은 멘트를 한다. 일상적인 범위를 벗어나지 않으면서도 은근한 위로와 포근함을 전해주는 멘트가 인상적이다.

　나는 언제쯤 이런 근사한 방송을 할 수 있을까? 사람 냄새 나는, 과하지도 덜하지도 않은 방송을. 야구장을 향하는 발걸음에 설렘과 부담의 중력이 교차한다.

2. 그라운드보다 긴박한
두 평 반의 야구 세계

야구를 광적으로 좋아하고, 야구장을 제 집처럼 드나드는 팬이라 하더라도 야구장 안에 어떤 시설이 있는지 속속들이 알 순 없다. 관중석, 매점, 화장실 등 이용하는 공간이 한정되어 있고 출입에 제한을 받는 곳이 생각보다 제법 있기 때문이다. 최근 개장한 구장에 설치된 스카이박스 정도가 팬들에게 허락된 최고의 공간일 것이다.

야구장마다 다르긴 하지만, 보통은 다음과 같은 시설이 구비되어 있다. 선수들이 옷을 갈아입고 샤워할 수 있는 로커룸, 실내 체력 훈련을 할 수 있는 운동 공간 및 우천시 타격 연습을 할 수 있는 실내 배팅장, 주로 구원 투수들이 머물며 몸을 푸는 불펜, 전광판을 운용하는 방송실, 기록위원들이 경기 상황을 기록하는 기록실, 오늘 경기에서 뜻밖의 상황에 대비하기 위해 배치된 대기심판이 준비 중인 심판실, 경기 전 진행 여부 및 경기에 대한 평가를 하는 감독관실, 경기의 흥을 돋우는 치어리더들의 대기실, 경기 경비 및 의전을 담당하는 의전요원 대기실과 운용요원 대기실, 중계방송 스태프들이 대기하는 중계요원 대기실, 응급 환자 발생에 대비한 의료진실……. 참으로 다양한 공간이 존재한다.

어느 야구장에는 아마추어 야구협회의 지역 사무실도 있다. 야구장이 크고 넓기는 한 모양이다. 이토록 많은 공간이 들어차 있는 줄은 미처 몰랐다. 나도 현장을 누비면서 하나둘 알게 됐다. 야구 종사자의 입장에서 보면 한 경기를 위해 이렇듯 많은 사람들이 노력하고 있다는 사실을 실감하게 된다.

야구장마다 조금씩 차이가 있기는 하지만, 중계방송실(중계부스)은 홈플레이트 뒤 중간 높이인 3층쯤에 마련되어 있다. 예전 대구시민 운동장은 홈플레이트 바로 뒤 2층에 있어서 선수들이 심판에게 어필하는 소리는 물론 타구음, 타격음이 아주 선명하게 들렸다. 하지만 타구가 높이 뜨면 방향을 알 수 없어 애를 먹었다. 석양이 내려앉으면 정면으로 빛을 받아 아무것도 보이지 않기도 했다.

중계부스는 보통 높은 곳에 있다. 그중 중계부스의 아찔한 높이 때문에 깜짝 놀란 야구장이 있다. 메이저리그 경기를 중계하기 위해 방문한 시카고의 리글리 필드 야구장이다. 1911년에 지어진 오래된 이곳의 중계부스는 야구장에서 가장 높은 곳인 지붕 아래에 컨테이너 건물을 이어붙인 형태인데, 높이가 일반 건물의 6층 정도 된다. 홈플레이트를 가까이 볼 수 있도록 정말 깎아지른 듯한 가파른 경사면에 중계부스를 마련해 놓았다. 앉아 있는 것만으로도 가슴이 찌릿찌릿하다.

요즘은 방송 기술의 발달로 선수들의 세세한 동작은 중계석 앞에 놓인 모니터를 통해 확인한다. 하지만 예나 지금이나 바뀌지 않은 것이 있으니, 바로 중계부스의 규모다. 성인 남자 셋이 나란히 앉기에도 비좁은 공간에 최소 세 시간에서 많게는 여섯 시간을 앉아서 중계방송을 해야 한다. 전직 야구선수 출신 해설위원들의 체격은 중계방송실에 적합하지 않다. 캐스터와 해설위원만 앉아도 꽉 차는 공간에 두 명의 해설위원, 중계방송 기록원까지 앉으면 숨이 턱턱 막힌다.

지방의 어느 구장은 파울 타구를 막고 오물이 투척되는 불상사에서 보호하기 위해 중계부스 앞을 통유리로 막아 놓았다. 그 공간에서 정신을 집중하고 한두 시간만 있으면 산소가 희박해지는 것을 느낀다. 이 구장의 중계부스에서는 생리작용이더라도 방귀는 절대 금지다. 우스갯소리가 아니라 정말 큰일 난다.

그나마 요즘 중계방송실의 앞쪽에 폴딩도어 같은 유리창을 설치해 두어 쉽게 열고 닫을 수 있어 다행이다. 경기에 집중하기 위해 문을 닫고 방송하길 바라는 이들도 있지만, 캐스터나 해설위원은 대부분 열고 하기를 원한다. 경기를 뛰고 있는 선수들과 응원하는 관중들과 같은 공기를 공유하고 싶기 때문이다. 현장의 소리도 잘 들려서 나또한 유리창을 개방하는 걸 좋아한다. 그렇게 하면 방송에도 생생한 분위기가 자연스럽게 녹아드는 기분이 든다.

가끔 중계부스에 파울 타구가 날아들고 관중이 보내는 환호나 야유에도 미소로 답할 수 있으면 얼마나 좋을까? 시카고의 리글리 필드는 7회초가 끝나면 팬들이 메이저리그의 비공식 지정곡 〈야구장에 날 데려가 주오 Take me out to the ballpark〉를 한목소리로 부른다. 유명인사가 선창을 하기도 하지만 대개는 중계부스에서 PA마이크를 들고 중계방송 캐스터의 "하나, 둘, 셋"의 구령에 맞춰 2만 명 넘는 팬들이 노래를 시작한다.

우리도 언젠가 잠실, 부산, 인천, 대전, 대구, 광주, 창원, 수원, 고척에서 7회가 끝나면 중계 캐스터가 팬들과 함께 응원가를 마음껏 부를 수 있는 날이 오면 좋겠다.

3. 좌충우돌의 세월이 빚어낸
스포츠 캐스터

40~50년 동안 활약하신 스포츠 중계방송 대선배님들을 만나면 자주 듣는 말이 있다. 대개는 후배 캐스터들에 대한 애정 어린 비판이다. 국가대표의 A매치 축구도 아닌데 모든 상황을 쉴 새 없이 장황하게 전달하려 한다든가, 준비한 멘트를 상황에 어울리지 않게 무리하게 구사한다든가, 해설위원의 영역을 넘나든다든가, 자극적인 단어로 상황을 설명한다는 말씀들이다. 열 분이면 모두 빼놓지 않고 짚어주시는 것이 있으니 요즘 캐스터들은 준비가 부족해 보인다는 점이다. 이런 이야기를 들으면 후배들을 떠올리기도 전에 나부터 얼굴이 벌겋게 달아오른다.

오래전에 격투기 중계방송을 한 적이 있다. 당시 나는 격투기 경기를 중계방송하는 데 대결을 펼치는 선수들을 제외하면 달리 필요한 것이 없다고 여겼다. 한순간 링에서 오고 가는 현란한 기술(펀치나 킥) 그리고 급박한 상황을 시청자들이 몰입할 수 있도록 신속하고 정확하게 전달해 주는 것이 중요하다고 생각했다. 현장에서 벌어지고 있는 상황에 집중하면 된다고 생각했지만, 다른 관점에서 보자면 '별다른 준비 없이 시청자 입장에서 즐기면 돼' 하고 안일한 마음을 갖고 있었던 것이다.

양 선수의 경기 스타일과 전적, 프로필 등 아주 기본적인 정보만 가지고 방송에 들어갔다. 1라운드가 시작됐다. 긴장된 분위기에서 양 선수는 활발한 움직임 없이 탐색하듯 조심스럽게 주먹과 킥을 주고받는다. 펀치는 자꾸만 허공을 갈랐고 이렇다 할 결정적인 상황도 나오지 않았다. '탐색전을 마쳤으니 지금부터는 달라지겠지' 내심 기대하며 2라운드를 지켜보는데, 웬걸, 1라운드와 다를 바가 없다. 3라운드도 불꽃이 튀지 않는다. 똑같은 상황에서 똑같은 이야기를 되풀이하는 것도 한계가 있다.

"두 선수, 좀 더 적극적으로 붙어야 합니다."

해설위원의 애타는 듯한 이 멘트도 30초당 한 번꼴로

들린다. 좀처럼 드라마틱한 전개가 연출되지 않는 상황에서 나 또한 양 선수의 프로필, 경기 스타일, 지금까지의 전적 등 내가 준비한 모든 것을 입 밖으로 쏟아냈다. 하지만 이제 7라운드 중 겨우 3라운드가 끝났을 뿐이다. 4, 5, 6라운드를 진행해야 할 앞길이 깜깜하기만 했다. 링 위에서 어슬렁대는 두 선수보다 1초, 1초가 정말 까마득하게 느껴졌다.

두 선수에 대한 준비, 격투기의 여러 경기 양상, 격투기 선수들의 인터뷰 등을 사전에 눈여겨보았더라면 해설위원에게 이 경기가 왜 이런 양상을 보이는 것인지, 두 선수의 전략에서 비슷한 점과 다른 점은 무엇인지, 두 선수가 7라운드까지 어떤 스타일로 끌고 갈 것으로 예상하는지 등을 자연스럽게 물어봤을 것이다. 그러나 현장에 있던 나는 경험도 없었고, 부족한 경험을 상쇄할 준비도 되어 있지 못했다. 야구로 빗대면, 속된 말로 '120킬로미터 속구에 맥을 못 추는 타자'마냥 완전히 말렸다.

영겁과도 같던 7라운드가 끝났다. 어떻게 방송을 했는지도 모르겠다.

"수고했어요."

토크백talk-back(프로듀서와 진행자가 서로 의견을 교환하는

데 사용되는 통신장비)로 담당 프로듀서의 지극히 사무적인 목소리가 들려온다. 때론 감정 섞인 비난이나 모욕적인 욕지거리보다 더 날카로운 한마디가 있다. 화끈거리는 속을 애써 다스리며 먼저 중계석을 떠나는 해설위원에게 고생하셨다는 말을 붙이는데, 휴대전화가 울린다. 우리 후배들의 교육을 담당하는 제일 무섭고 껄끄러운 선배 아나운서다.

"내일 아침 출근하고 좀 보자."

예전에 겪은 상황이지만, 지금 돌이켜 봐도 간담이 서늘해진다. 대체 무엇이 잘못된 것이었을까? 지금 내가 그 시절 나에게 한마디만 전할 수 있다면 "가장 큰 문제는 준비 부족"을 지적해 주고 싶다. 설령 타임머신을 타고 그 시절로 날아가 따끔하게 한마디 해줬더라도 그 시절의 나는 야구 중계를 하고 다음 날 격투기를 중계하고, 또 그 다음 날 다시 야구 중계를 맡아야 하는데 대체 어쩌란 말이냐 하고 투정을 부릴지 모르겠다. 하지만 그건 캐스터로서는 조잡한 자기변명에 지나지 않는다.

평상시 꾸준한 관심을 가지고 지켜보지 못했다면, 현장에 일찍 도착해서 선수 혹은 코칭스태프, 격투기 관계자들을 찾아가 중계에 필요한 정보를 이것저것 준비했어야 했다. 선수 컨디션은 어떤지, 징크스가 있는지, 오늘 경기에는 타이틀 외에 어떤 의미가 있는 것인지, 하물며 선수가 오늘 아침으로 무엇을 먹었는지도 체크해야 했다.

얼마 전 '살아 있는 스포츠 캐스터의 전설' 송재익 선배님이 토크쇼에 출연해서 구수한 입담과 엄청난 정보력을 술술 풀어내는 예전 멘트를 구현해 내서 화제가 되었다.

"오늘 유명우 선수(권투선수) 아침에 계체량이 끝난 다음에 호텔에 돌아와서 인삼탕을 먹었어요, 그리고 점심에는 설렁탕을 먹고, 경기 전에는 가볍게 초밥을 먹었는데, 서울서 과일을 가지고 왔더군요."

듣는 사람으로 하여금 저절로 웃음을 짓게 하는 이야기인데, 10초도 안 되는 이 멘트는 중계석에 앉아서 저절로 지어낼 수 있는 것이 아니다.

단발 이벤트가 아닌 시즌이 긴 종목들이 있다. 야구, 축구, 골프, 농구, 배구 등 시즌제로 진행되는 종목들은 시즌 전과 후에 준비해야 할 사항이 다르다. 시즌 전에는 선수 및 코칭스태프에 대한 정보 중 달라지는 점들을 확인해야 한다. 신인 선수들의 출신교, 지명 순서, 키, 몸무게,

나이에서부터 기존 선수들의 이적 및 계약 관계, 수상 내역, 달성 기록까지 일목요연하게 정리해 놓는다. 각 종목마다 시즌을 치르고 나면 조금씩 규칙과 제도가 달라지기 마련이다. 이 점 또한 당연히 체크해야 한다. 이 외에도 감독의 지휘 스타일, 선수와 감독의 관계, 가볍게 웃으면서 넘어갈 소소한 일화까지 도움이 될 내용을 텅 빈 곳간을 채우듯 하나둘 모은다.

시즌 후에 준비할 내용들이 많다. 선수들 개개인의 성적에 대한 분석과 통산 성적과의 비교, 어떤 상을 수상했는지, 여러 언론사의 인터뷰 보도를 꼼꼼하게 챙겨 보고, 비시즌에 결혼을 앞둔 선수, 자녀가 태어난 선수, 집안의 경조사, 선수의 성격, 취미와 특기 등등 스토커 못지않게 정보를 모은다. 물론 사생활과 관련된 정보를 방송에서 함부로 발설해서는 안 되지만, 선수를 이해하고 설명하는 데 도움이 된다.

한번은 야구 중계를 하는데 3회가 끝난 상황에서 스코어가 16 대 0이 되었다. 한 시즌 동안 중계를 하다 보면 의외로 이런 상황이 자주 벌어진다. 방송을 이어나가야 하는 캐스터 입장에서는 이기고 있는 팀을 응원하는 시청자, 지고 있는 팀을 응원하는 시청자 모두 방송에서 이탈

할 확률이 높은 그야말로 위기의 순간이다. 이럴 때 어떻게 해서든 시청자가 흥미를 잃지 않을 다양한 화제를 끄집어내야 한다. 그동안 곳간에 쌓아놓았던 소소한 군것질거리를 이때 술술 풀어낸다.

"타석에 들어선 ○○○ 선수는 상당한 로맨티스트예요(이 순간 해설위원은 '내가 지금 무슨 말을 들었나' 싶은 표정으로 멀뚱히 나를 쳐다본다). 지난 12월에 이 선수가 결혼을 했어요. 신부가 한 살 연상이라고 해요. 예비 처갓집에서도 야구선수 사위가 좀 부담스럽지 않겠어요? 예비 장모님께서 '야구 그만두면 뭐 할 텐가'라고 물으셨대요. 그래서 이 선수가 '막노동을 해서라도 돈을 벌겠습니다'라고 했답니다. 그래서 승낙을 받았대요. 올 시즌 좋은 성적을 내고 있어서 처갓집에서도 이제는 씨암탉을 잡겠는데요."

이런 양념 같은 이야기도 필요한 것이 바로 중계방송이다.

비디오 판독이 생기면서 대신 방송에서도 유념해야 하는 것이 있다. 명확한 장면이 나올 때까지, 확실한 판정이 나올 때까지 결정을 기다려야 한다. 한번은 우리 중계 카메라의 슬로모션으로 보여주며 판단을 했다가 심판의 결정과 달라서 낭패를 보기도 했다. 중계 카메라가 잡은 장면과 KBO 비디오 판독센터에서 확인한 장면의 각도가 달리 보이면 이런 불일치가 발생할 수 있다. 비디오 판독은 양 팀에게 워낙 민감한 사항이라 꼼꼼하게 살펴본다. 하지만 아무리 보아도 판독이 불가한 상황은 자주 나온다. 그럴 경우 최초 심판의 판정이 유지된다. 그나마 2020시즌부터 판독 시간이 5분에서 3분으로 줄어서 다행이다.

이 비디오 판독이 벌어지는 동안 구장에는 기다리고 있는 관객들을 위해 배경 음악을 틀어준다. 구장마다 배경 음악이 다른데, TV 시사고발 프로그램, 인기 드라마의 OST 등 다양하다. 심지어 예전에 방송이 종영된 〈경찰청 사람들〉의 배경 음악이 흘러나온 적도 있다. 범인을 잡듯 확실하게 판정해 달라는 부탁을 담은 걸까?

부산의 사직 구장으로 기억된다. 하루는 좀 낯선 음악이 흘렀다. 색소폰으로 비트 있게 연주되는 음악이었는데 들을수록 귀에 익었다. 자세히 들어보니 애니메이션 〈명탐정 코난〉의 주제가였다. 코난처럼 반드시 사건을 해결하겠다는 다짐을 유쾌하게 보여주는 것 같았다. 그 당시 우리 딸아이가 가장 좋아하는 애니메이션이어서 어깨너머로 자주 들었던 기억이 떠올랐다. 그러려니 넘어가면 좋았으련만, 캐스터의 기질이 엉뚱하게 튀어 나왔다.

"비디오 판독에 쓰이는 배경 음악이 '코난'이군요."

해설위원이 화들짝 놀라며 한마디 곁들인다.

"〈미래 소년 코난〉에 이런 음악이 나왔나요?"

아뿔싸! 우리는 〈미래 소년 코난〉 세대였던 것이다. 우리에게 코난은 매번 사건을 명쾌하게 해결하는 명탐정이 아니라 악의 무리를 맨몸으로 막아내는 미래 소년이다. 과하면 모자라느니만 못하다 했던가? 뜻하지 않게 'TMI' 중계로 인해 시청자들에게 실소를 머금게 하는 장면이 연출됐다.

4. 오늘 중계의 운을 점쳐 보는 오프닝

사실 준비가 제일 많이 필요하고 또 매일매일 해야 하는 종목이 야구이다. 일단 경기수가 팀당 144경기(2022년 시즌 기준)로 총 720경기를 모두 보고 항상 준비하기는 불가능에 가깝다. 월요일을 제외한 매일매일 야구 경기가 진행되다 보니 관련 종사자들은 항상 바쁘다. 야구 캐스터들도 마찬가지다.

대략 금요일 즈음이면 다음 주의 방송 스케줄과 매치업이 나온다. 물론 1~5순위로 채널 별로 공평하게 로테이션을 하는 방식이다 보니(각 방송사들이 원하는 시청률 높은 매치업 위주로 선택을 하는 방식이다) 다음 주 일정을 대략 예상할 수 있다.

야구는 투수, 그중에서도 특히 선발 투수에 따라 경기 흐름이 많이 좌우되기 때문에 바로 양 팀 선발의 전 등판 경기 자료를 유심히 봐야 한다. 야수들의 몸 상태나 최근 컨디션, 기록 등도 체크해야 할 부분이다. 상대 팀의 기록도 알고 있으면 도움이 된다. 팀의 최근 성적과 주요 이벤트, 투수들의 최근 경기 등판 일정, 타자들의 최근 다섯 경기 타격 기록, 주요 선수들의 부상일지와 대체 선수까지, 챙겨야 할 기록과 이 기록들이 나온 원인에 대한 분석, 이에 더해 전문가들의 의견까지 필요하다. 심지어 부상당한 선수가 있으면 친한 의사 친구나 트레이너에게 물어 부상이 어느 정도인지, 회복까지는 얼마나 걸리는지도 알아두면 도움이 된다. 방송국에 소속된 프로야구 전담 기록원들의 도움을 받기도 하지만, 캐스터들은 대개 스스로 많은 기록들을 챙기고, 준비하게 된다. 누군가가 만들어 준 자료와 스스로 챙기고 준비한 자료는 확실히 다르다. 희한한 것인지 당연한 것인지 모르겠지만, 자신의 정성과 노력이 깃든 자료를 방송에서 유용하게 써먹게 된다.

사실 시즌이 시작되면 경기가 벌어질수록 뉴스가 양산되기 때문에 일기를 쓰는 마음으로 모든 선수에 대한 중요한 이슈 정리가 필요하다. 금, 토, 일 주말 3연전을 예로 들어보자. 먼저 주중 3연전의 경기들을 되도록 다 봐두어야 한다. 왜냐하면 화요일 선발 투수가 별일 없으면 일요일에 선발로 나서기 때문이다. 메이저리그는 거의 매일 경기가 있어 선발 투수가 5일 만에 경기에 출전하는 경우가 많지만, KBO리그는 화요일-일요일 등판을 제외하면 6일 혹은 7일 만에 선발로 나가는 경우가 더 많다. 그래서 화요일 경기는 반드시 봐두어야 한다. 수, 목 경기도 구원 투수가 어떻게 운영되었는지, 특별한 상황이 나올 수 있으므로 관전이 필요하다. 목요일 경기는 되도록이면 진행되는 동안 빠르게 정리해 둘 필요가 있다. 이 과정이 늦어지면 계속해서 일정이 밀리기 때문이다.

목요일까지의 경기가 정리되면 이제는 기록과의 싸움이다. 경기가 모두 종료되고 한 시간 정도 지나면 기록이 업데이트된다. 그러면 본격적으로 기록을 정리한다. 기본적으로 양 팀의 엔트리에 들어 있는 선수들은 모두 체크해 놓아야 한다. 야수 13~14명은 기본이고 불펜 투수들 7~8명 정도, 여기에 사실 3연전이기에 선발 3명까지 포함하면 엔트리에 들어 있는 선수 중 수·목요일 선발을 제외하고는 모든 선수들의 기록을 다 준비하게 되는 것이다. 즉 27명의 엔트리 중 25명, 양 팀 도합 50명의 선수들의 기록 분석이 필요하다.

한 선수에게 2분씩만 소요하면 1시간 40분이 넘어간다. 경기가 아무리 빨리 끝나도 10시가 넘으니 기록이 업데이트된 11시에 시작하면 새벽 1, 2시는 기본이다. 대개는 새벽 3시나 되어야 마무리된다. 수도권 경기야 오후 2시쯤 출근해도 되지만, 지방 원정 경기는 첫날(화요일 혹은 금요일)에 대개 11시나 12시쯤에는 KTX 기차를 탑승해야 하기에 절대적인 수면 시간이 많지 않다. 물론 오전 기상 후에도 못다 한 준비는 이어진다. 오전에 진행되는 메이저리그 경기도 빠트리지 않고 지켜봐야 한다.

시작이 반이라고 했던가? 사실 오프닝은 스포츠 캐스터가 준비할 수 있는 유일한 멘트이다. 오늘 경기의 중요성, 오늘 경기의 관전 포인트, 예상, 날씨 이야기, 최근 시즌의 흐름과 유행 등 할 수 있는 이야기는 많지만 무엇을 언급해야 시청자들이 내 멘트를 듣자마자 오늘 경기에 몰입할 수 있을까 고민한다. 내가 시청자라면 어떤 포인트로 접근할 것인가?

물론 예능 프로그램이나 뉴스와는 달리 스포츠 중계방

송을 오프닝부터 철두철미하게 지켜보는 시청자는 많지 않다. 평일 기준 저녁 6시 30분에 경기가 시작되는데, 시청률은 보통 7시가 되어야 오르기 시작한다. 6시 20분 정도에 방송되는 오프닝은 많이 보지 않는다는 뜻이다.

그래도 오프닝에 신경 쓰는 것은 일종의 습관 혹은 징크스 같은 것이다. 프로그램의 시작과 끝이 찜찜하게 되면 왠지 방송 자체가 잘 안 된 것 같은 느낌을 받는다. 마치 선발 투수가 1회부터 3점을 헌납하고 던지는 느낌이랄까? 그래서 오프닝이나 경기 초반에 시청률이 높지 않다고 해도 프로그램 초반에 길잡이가 될 멘트들을 자갈처럼 떨어트려 놓는다. 헨젤과 그레텔처럼 언제든 그 자갈을 찾아 집으로 돌아올 수 있게 말이다. 그래서 경기장으로 이동하면서 오프닝을 준비하는 데 시간을 쓴다.

지방으로 이동하는 KTX 안에서나 야구장으로 이동하는 택시 안에서 어떻게 오늘 시작을 던질지 고민한다. 경기장으로 오는 도중에 생각했던 오프닝 멘트를 다 준비해 두었는데, 뜻밖의 상황(선발 투수가 갑자기 바뀌거나 예보에 없던 비가 쏟아지는 등)이 벌어지면 오프닝 또한 바뀔 수밖에 없다.

"오늘 오프닝에 무슨 얘기 하죠?"

경기 전에 해설위원들이 자주 하는 질문이다.

"글쎄요? 하고 싶은 이야기 없어요?"

이렇게 대답하면 대개 해설위원들은 오프닝에서 이런 이야기를 해주면 좋겠다고 한다. 그러면 문답 형식을 빌려, 내가 해설위원들이 하고 싶은 이야기에 대한 질문을 준비해서 오프닝으로 구성한다. 해설위원들이 별다른 의견이 없으면 내가 준비한 구성에 맞춰 오프닝을 한다. 물론 제작진이 구상한 오프닝이 있으면 그것을 가장 먼저 고려한다. 넓게 보면 오프닝도 제작 프로그램의 일부니까. 하지만 우리 방송의 제작진은 보통 캐스터와 해설위원에게 오프닝 구성을 맡긴다.

오프닝 소재가 떠오르지도 않고, 해설위원도 별 아이디어가 없을 때도 있다. 그럴 때는 정말 애드리브가 필요하다. 가장 단골 멘트는 날씨다. 매일매일 약간씩은 다르니까. 특히 야구는 자연을 거스를 수 없는 스포츠다. 물론 고척 스카이돔처럼 특별한 야구장도 있긴 하다.

"아니 이게 보여요? 이것만 써도 방송 다섯 시간은 하겠는데요?"

오프닝 녹화를 마치고 생방송을 기다리고 있던 해설위원이 내 기록지와 노트북 화면을 보고 한마디 한다. 그럼 약간은 어깨에 힘을 넣고 우쭐하게 이야기한다.

"우리 중계방송은 무엇을 쓰느냐가 아니라 무엇을 안 쓰느냐가 더 중요하죠."

5. 해설위원의 생리 현상을 알린
적나라한 생중계

2014년, 메이저리그 월드시리즈를 현장에서 중계하기 위해 미국으로 출장을 갔다. 그해 시즌에는 샌프란시스코 자이언츠의 매디슨 범가너 투수가 극강의 에이스다운 모습을 보여주었다. 샌프란시스코에 맞선 상대는 급상승세를 타며 만년 꼴찌에서 벗어난 캔자스시티 로열스였다. 우리 방송사는 시리즈 3차전이자 샌프란시스코에서 벌어지는 첫 경기를 중계하게 됐다. 프로듀서 두 명과 엔지니어 한 명, 허구연 해설위원과 함께 현장을 찾았다.

샌프란시스코의 홈구장인 AT&T파크(현 오라클 파크)는 미국에서도 아름다운 야구장으로 손꼽히는 곳이었다. 프로듀서들이 이렇게 아름다운 곳을 바라보고만 있을 사람들이 아니다. 우리는 여기저기에서 사전 촬영을 시작했다.

해외 현지 중계방송은 국내에서보다 스케줄이 더 복잡하다. 현장의 생생한 분위기를 보여줘야 하기 때문에 프로그램 오프닝 사전 녹화 영상도 두세 개 찍어 놓아야 하고, MLBi(인터내셔널-현지 제작사)의 프로덕션 미팅도 들어가야 하고, 오프닝 티저(경기 시작 전의 오프닝 영상) 녹음도 해야 하고, 실제 본 경기 오프닝 녹화도 해야 한다. 극소수 정예 요원이 그야말로 일당백 역할을 해야 한다.

특히 본 경기 오프닝 녹화는 전 세계에서 온 방송팀들이 시간에 맞춰서 진행하기 때문에 NG가 벌어져 지연이 되는 일이 없도록 신경을 쓴다. 7시 경기에 앞서 5시부터 세계 여러 나라 방송팀들의 녹화가 시작되었다.

우리는 파나마 방송팀 다음이자, 끝에서 두 번째로 배정을 받았다. 그런데 앞의 방송팀들의 작업이 지체되면서 시간은 어느덧 6시를 향해 가고 있었다. 허 위원이나 나나 사전 녹화 경험이 워낙 많아서 큰 문제는 없을 거라 생각했지만 대기 시간이 길어지자 긴장이 됐다. 중계부스에서 방송을 위한 최종 오디오 테스트도 남아 있었고, 한국에 있는 방송팀과의 교신 상태도 경기 전에는 점검해야 했다. 더구나 그때까지 우리는 가벼운 아침식사 이후 굶고 있었다. 시간은 어느덧 6시 10분. 50여 분 남는 시간 동안 이 모든 것을 끝내고 생방송을 시작할 수 있을까?

연달아 NG를 내던 파나마 방송팀의 녹화가 끝나고 드디어 우리 차례가 돌아왔다. 굳이 말하지 않아도 비상 상황이라는 걸 공유한 허 위원과 나는 일사천리로 오프닝을 끝냈다. 그런데 아뿔싸! 중계차 내부에서 NG가 벌어졌다. 비디오는 촬영이 됐는데 오디오가 들어오지 않았다는 것이다. 사람이 하는 일인데 그럴 수도 있지 싶다가도 꼭 시간 없을 때 이런 일이 벌어진다. 아니면 첫 촬영이 프로듀서의 마음에 들지 않았던 것일까? 다시! 두 번째 촬영을 하는데, 마음이 급하니 혀가 제멋대로 꼬인다. 다시! 초인적인 집중력으로 오프닝 촬영을 마치고 중계부스로 올라와 시간을 확인해 보니 6시 25분. 저녁식사는 제작진이 공수해 온 햄버거 세트였다. 햄버거를 씹는 것인지 삼키는 것인지 모를 정도로 재빨리 입에 욱여넣고 있는데, 한국에 있는 방송팀에서 우리를 부른다. 마이크 테스트를 하잔다. 반쯤 먹던 햄버거를 내려놓고 헤드셋을 썼다.

"아, 들리세요? 여기는 여의돕니다(당시 방송국 본사는 여의도에 있었다), 한 캐스터 들리세요?"

"아, 네. 들립니다. 하나 두울, 하나 두울, 잘 들려요?"

분명 반가운 목소린데, 식사마저 뺏긴 황당함과 짜증이 내 음성에 묻어 태평양을 건너갔을 것이다. 간단하게 마치려는데, 현장 오디오 딜레이(위성 송수신 상태상 영상이 먼저 가고 오디오가 늦게 가서 가끔 입 모양과 음성이 맞지 않게 된다. 서로 일치를 시켜야 한다는 의미로 "싱크를 맞춘다"고도 한다) 체크를 해야 하니 말을 길게 해 달란다.

"안녕하십니까? 여기는 월드시리즈 3차전이 진행될 샌프란시스코의 AT&T파크입니다. 현재 날씨는……."

오디오 체크가 끝날 무렵, 양 팀 선수들이 하나둘 경기장으로 나오기 시작한다. 옆에 있던 프로듀서가 한국에서도 방송이 시작되었다고 알려준다. 결국 우리의 식사 시간은 날아가 버렸다. 그런데 허 위원의 얼굴이 심상찮다. 식사 시간을 빼앗긴 허망함과는 다른 표정이다. "괜찮으세요?"라고 물으려는 찰나,

"나 화장실에 다녀와도 되겠어요?"

"아, 네. 괜찮습니다. 다녀오세요."

그러나 프로듀서가 손짓으로 제지한다. 이제 곧 현장 생방송이 시작되어서 안 된다는 신호다. 순간 내 경험을 되짚어 보자니 생리적인 부담을 안고 방송에 집중하지 못

하는 것보다 차라리 조금 늦게 등장하는 편이 여러모로 낫다. 내가 바로 중재안을 냈다.

"사전 오프닝도 있고, 한국에서 여기로 넘어오면 내가 한 3분 정도는 끌 수 있어요. 다녀오시라고 해요."

담당 프로듀서도 내 의견에 동의했다. 천금 같은 3분의 자유를 얻은 허 위원은 부리나케 화장실로 뛰어갔다. 이제 곧 현장으로 방송이 넘어오겠거니 생각하고 있는데, 한국에서 다시 우리를 부른다.

"이제 곧 넘어옵니다. 허 위원님?"

"허 위원님 안 계세요. 잠시 화장실 가셨어요. 앞에는 내가 책임질 테니까 넘겨요!"

"알겠습니다, 그럼 넘깁니다. 현장 스탠바이…… 샌프란시스코 큐!"

"여러분 안녕하십니까. 여기는 월드시리즈 3차전이 벌어지는 샌프란시스코……."

샌프란시스코와 캔자스시티 양 팀에 대해 준비해 둔 정보와 애드리브를 적절하게 섞어 열심히 떠들고 있는 가운데, 허 위원이 다행히 자리에 앉아 헤드셋을 쓴다. 그날 중계는 큰 문제 없이 무난하게 마무리됐다.

"카톡, 카톡."

방송을 잘 마치고 숙소로 돌아왔는데 여기저기서 메시지가 들어오는 신호음이 울린다. 방송 잘 봤다는 메시지겠거니 생각하고 핸드폰을 들여다보는데, 짐작과는 내용이 다르다.

'형, 해설위원 생리현상을 그렇게 적나라하게 이야기하는 캐스터가 어디 있어요?ㅎ'

앗, 뭐지? 이 친구가 우리끼리 한 이야기를 어떻게 아는 거야?

진상은 이랬다. 사전 오프닝 영상이 나오고 현장으로 넘어오는 그 짧은 사이 내 목소리가 방송을 탄 것이다. 즉 실제 방송에서는 "허 위원님 안 계세요, 화장실 가셨어요. 앞에는 내가 책임질 테니까 넘겨요!"라는 내 목소리 이후 잠시 포즈(이때 방송팀 회선에서는 "그럼 넘깁니다. 현장 스탠바이…… 샌프란시스코 큐!"를 외치는 여의도의 프로듀서의 목소리가 들렸다). 그리고 "여러분 안녕하십니까. 여기는 월드시리즈 3차전이 벌어지는 샌프란시스코……"로 이어졌던 것이다.

대한민국 중계방송 역사상 이처럼 적나라하게 해설위원의 화장실 방문을 중계한 캐스터가 있을까? 허 위원님께 뒤늦은 용서를 구해본다.

6. 쉴 새 없이 울리는 알림음을
차마 끌 수 없는 이유

"대체 누가 새벽에 당신한테 메시지를 보내는 거야?"

부스스 잠에서 깬 나에게 아내가 불평을 쏟아낸다. 이에 질세라 "나도 새벽에 가끔 그 소리에 깰 때가 있어" 하고 딸아이가 거든다.

"무음으로 해놓으면 안 돼?"

불평, 불만을 억누른 두 사람의 눈빛을 피하며 마지못해 내가 입을 연다.

"흐음…… 노력해 볼게."

사실 해외 스포츠까지 맡고 있는 스포츠 캐스터들에게는 흔히 있는 일이다. 속보 알람을 걸어두는 경우가 대부분이기 때문에 벌어지는 해프닝이다. 물론 식구들 말처럼 꺼놓으면 간단하다. 아니면 깨어 있는 시간에만 켜놓는 방법도 있겠지만, 이것도 상당히 불편한 일이다.

"내 몸에는 파란 피가 흐른다"라고 얘기했던 영원한 '다저스맨' 토미 라소다가 타계한 2021년 1월 8일도 마찬가지였다. 새벽부터 핸드폰 알람이 소리를 냈다. 1927년생으로 20년 넘게 다저스 감독을 역임한 인물이고 박찬호 선수의 대부로도 잘 알려진 인물이지만, 이미 지난여름부터 잔병치레가 잦았다. 그래도 그는 병원 입원 소식 후 며칠 만에 다시 다저스타디움에 건강한 모습으로 돌아와 우리를 안심시키곤 했다. 그런 그가 93세를 일기로 세상을 떠난 것이다.

아마도 메이저리그 시즌 중이었다면 오프닝에서 바로 다뤘을 인물이다. 2020년과 2021년은 코로나19 바이러스 유행 때문인지 전 분야에 걸쳐 레전드의 타계 소식이 줄을 이었다. 데이빗 스턴(전 NBA 총재), 코비 브라이언트(전 NBA 선수), 디에고 마라도나(아르헨티나 축구 영웅), 숀 코너리(영화배우), 엔니오 모리코네(전설적인 영화음악가) 등 업계에서 큰 족적을 남긴 분들이 많다.

레전드 야구선수들이 왜 없겠는가? 토니 페르난데스

Tony Fernández, 화이티 포드Whitey Ford, 밥 깁슨Bob Gibson, 알 칼라인Al Kaline, 돈 라슨Don Larsen, 조 모건Joe Morgan, 필 니크로Phil Niekro, 톰 시버Tom Seaver, 딕 앨런Dick Allen, 루 브록Lou Brock…… 메이저리그를 조금만 봤다면 알 수 있는 레전드 선수들이 세상을 떠났다. 그들이 뛰었던 모습 또는 생전의 모습들을 생각하게 하는 순간이다. 대개는 그들이 뛰었던 장면, 기록, 인터뷰, 자료 뉴스 영상 등 주인들은 이미 세상 사람이 아닌데도 그들의 흔적은 긴 여운을 남긴다.

이들의 타계 소식이 새벽부터 나를 깨웠다. 아침 일찍부터 핸드폰이 부르부르 진동을 알린다.

어디 부고 소식뿐이겠는가? 메이저리그 중계방송을 준비할 때는 보통 생방송 네 시간 전에 일어난다. 전날 기록이나 관련 뉴스 들을 정리하고 잠자리에 들지만 그 사이에 업데이트되는 내용과 정보가 많아서 일찍 준비를 시작해야만 한다. 경기 세 시간 전쯤에 각 팀에서 제공하는 게임 노트가 뜬다. 선수들에 대한 세세한 정보나 기록이 포함되어 있지만, 이 정보들은 이미 전날 준비가 끝났거나, 이미 알고 있는 정보들이어서 큰 도움이 되지 않는 경우가 많다. 대충 훑어보는 정도로 그친다.

대신 이때 가장 중요한 정보인 오늘 경기의 선발 라인

업이 뜬다. 메이저리그는 경기 후반까지 대타나 대주자 교체가 많지 않기 때문에 선발 라인업은 경기의 흐름을 읽는 열쇠가 된다. 주전 선수 중에 빠진 선수의 결장 이유를 예전에는 해외 뉴스에서 찾았는데 요새는 구단별 담당 취재 기자의 개인 SNS를 보면 알 수 있다. 심지어 구단이 발표하는 오늘 선발 라인업보다 취재 기자의 개인 SNS가 더 빠를 때도 있다. 그러다 보니 자주 중계방송을 했던 다저스나 텍사스의 담당 기자들의 트위터 계정은 알람이 설정되고, 핸드폰은 언제든 울려 댔던 것이다.

요새는 기자 개인 트위터뿐만 아니라 MLB닷컴, ESPN 홈페이지, 〈USA투데이〉, 〈LA타임스〉 등 굴지의 스포츠 사이트와 지역 신문 인터넷 사이트의 알람도 설정되어 있다. KBO 경기 도중에도, 경기가 끝난 후에도 내 핸드폰은 쉬지 않고 울린다. 전 세계 뉴스를 찾아 올려주는 수많은 특파원들의 상보가 지금도 내 핸드폰을 울린다.

7. 그라운드 위 비정규자들의 열정

"18년 동안 메이저리그 스카우트로 있으면서 매 시즌이 종료되면 열일곱 번의 재계약을 했다. 그것은 항상 불안한 일이기도 하지만 나를 발전시키는 장치이기도 했다."

메이저리그 경기를 해설하기도 했던 롯데 자이언츠의 성민규 단장이 메이저리그 구단 스카우트로 재직하면서 들려준 이야기이다. 매 순간 최선을 다하지 않으면 안 되는 상황, 또 그 상황을 마주하고 해결하는 사람들. 그들이 프로페셔널, 바로 프로이다.

선수 생활을 오래 하고, 대형 FA(자유 계약) 선수가 되어서 100억 원대 혹은 몇십억 원대 연봉을 받는 선수들이 언론에 많이 부각되지만, 사실 우리 프로야구 선수들의 평균 수명은 7년이라고 한다.

대개 초등학교 3, 4학년 때 운동을 시작해, 성인 프로무대에 올라서기까지 힘겨운 순간을 이겨내야 한다. 그 고난의 과정을 겪고 성공한 사람만 프로야구라는 세계에 입성할 수 있다. 그리고 매년 좋은 성적을 내지 못하면 연봉이 깎이고, 언제든 방출되어 팀을 떠날 수도 있다. 평생 해온 야구를 그만둘 수밖에 없다. 고졸 선수라면 스물여섯 살 언저리, 대졸 선수라면 서른 살쯤 야구를 그만두게 되는 경우가 가장 많다는 것이다. 거의 대부분 선수들이 어린 시절부터 15~16년 혹은 20년 가까이를 매 순간에 '올인' 할 수밖에 없는 현실을 살아오고 있다.

연봉도 그렇다. 보통 직장인보다 프로야구 선수들의 평균 연봉이 높은 것은 사실이다. 신인 선수들이 약 3천만 원에서 시작해 해마다 좋은 성적을 내면 2~3년 안에 억대 연봉을 받을 수 있는 곳이 프로이다. 7년 혹은 9년 동안 활약해서 FA 선수가 되면 몇십억의 대형 계약을 맺을 수도 있다. 그러나 이런 선수들은 극소수에 불과하다. 대부분의 선수는 3~5천만 원 사이의 연봉을 평균적으로 7년 정도를 받고 야구선수가 아닌 다른 인생을 살아야만

한다.

타의로 야구를 그만둔 선수들에게 사회는 냉정하다. 그나마 운 좋은 이들은 코치나 감독 혹은 프런트로 현장에서 생활하게 되고, 드물게 해설위원으로 섭외되는 이도 있다. 대개는 평생 해온 야구와는 전혀 다른 세계에 발을 들여 놓게 된다. 개인 사업을 하거나, 회사에 취직하기도 한다.

프로야구 시즌이 끝나고 한 해가 마감되는 시기에 프로야구 선수들처럼 많은 프리랜서 아나운서들도 자신의 거취를 결정한다. 계속 이 일을 할 것인지 아니면 다른 일을 찾을 것인지 혹은 다른 회사로 옮겨야 할지 그들은 선택의 기로에 놓인다. 물론 프로야구 선수들처럼 타의에 의해 결정되는 경우도 있다. 어쩔 수 없는 구조적인 문제가 있기도 하지만, 그들의 선택을 돌릴 현실적인 방안이 별로 없다.

겉보기와 달리, 프리랜서 아나운서라는 직업은 매우 불안정하다. 불과 십수 년 전까지만 해도 방송사 소속 아나운서들은 대개 정규직 공채를 통해 입사해서 큰 과오를 저지르지 않거나 엄청나게 유리한 조건을 제시받고 다른 방송사로 스카우트되지 않는 한 그 회사에서 은퇴할 때까지 근무했다. 스포츠 방송사가 경쟁적으로 늘어나면서 스포츠 분야의 아나운서들도 많이 늘었다. 무척 반가운 일이다. 모두 정규직으로 채용만 된다면 말이다.

하지만 현실은 다르다. 규모는 그다지 커지지 않았는데 경쟁사들만 늘다 보니 최근 여러 방송사에서는 효율적인 경영을 이유로 아나운서들의 정규직 채용을 꺼리고 있다. 그래도 방송을 해야 할 인원들은 필요해서 거의 해마다 프리랜서 아나운서를 채용하고 잘 활용하다가 연차가 쌓이면 재계약을 포기하는 경우가 비일비재하다.

이런 현실 속에서 더 나은 자리를 위해서 혹은 더 나은 삶을 찾아 떠나겠다는 방송사 후배 아나운서들의 길을 막는 것은 현실적으로 불가능하다. 청운의 푸른 꿈을 꾸고 업계에 발을 들여 놨다가 매일 밤 하이라이트 더빙 작업을 하며 시즌 중에는 거의 쉬는 날 없이 출근하고, 한 번도 가보지 못한 지방 낯선 도시에서 쪽잠을 자고 또 잘 알지도 못하는 종목을 방송하고 선수들을 만나서 인터뷰하고, KTX 막차 시간을 걱정하는 일을 2~3년 하다 보면 어쩔 수 없는 자괴감과 불투명한 미래에 대한 불안이 엄습하게 된다. 그러다 한 시즌이 끝나면 '과연 이 길이 내

길인가'에 대한 고민에 빠지는 후배들이 늘어난다. 밤늦게 뜬금없는 전화나 메시지가 온다.

"선배님, 저 혹시 내일 잠깐 찾아봬도 될까요?"

이 메시지나 전화의 의도는 내가 직감한 것과 거의 100퍼센트 일치한다. 다음 날 카페에서 대개 그들은 이제 이 일을 그만두겠다 내지는 사실 다른 일을 해보고 싶다며 스스로 방출을 통보한다. 속으로 '조금만 더 버텨 보지' 혹은 '야, 내가 너한테 얼마나 공을 들였는데……' 하는 억울함도 들지만 최대한 내색하지 않고 그들의 계획을 물어본다. 이미 세세하게 짜온 시나리오를 방송할 때보다 더 명확하게 표현하고는 "선배님 자주 찾아뵙겠습니다"는 말을 남기고 사라진다. 물론 자주 찾아오는 친구는 거의 없다.

일단 이런 상황에 마주하면 인간인지라 본전 생각부터 난다. 저 친구를 뽑을 때부터 교육하고, 실습시키고, 현장 데리고 나가고, 모니터하고, 술 사 주고 용기 북돋아 주던 그런 모든 순간들이 물거품이 되는 것이다. 후배 대부분이 방송을 포기하고 다른 일을 찾는 경우가 많아서 더욱 더 안타깝다. 특히 재능이 있는 친구들은 더더욱 그렇다. 그렇다고 실현 가능성 떨어지는 청사진을 그들에게 들이

대면서 "남아라! 조금 더 노력해 보자!" 이런 이야기는 할 수도 없고, 그들도 그런 이야기를 믿지 않는다. 한편으로 또 새로운 친구를 뽑아 또 같은 상황을 반복해야 하는구나 하는 자괴감이 든다.

분명 최고의 스포츠 방송인을 꿈꾸며 이 일을 시작했을 텐데 2~3년 사이에 방전되고 또 불투명한 미래에 스스로 포기하고 마는 것이다. 그들을 바라보는 남는 자들의 슬픔과 상실감도 상당히 크다. 선배들이 많은 노력과 애착을 가졌던 만큼 후배들의 이탈은 더 많은 배신감으로 남는다. 그러다 보니 시작부터 아예 후배들과 선긋기를 하는 선배 아나운서들도 있다. 슬픈 현실이다.

사실 그 선배들 중에서 평탄하게 이 업계에서 자리 잡은 사람은 단 한 명도 없다. 인턴 1년은 기본이고, 계약직을 2년간 두 번이나 한 친구, 입사 정원^{TO}이 없다고 일반직으로 발령받고 어렵게 입사한 친구, 회사가 망해서 프리랜서를 전전하다가 어렵게 입사한 친구까지 다들 "나 때는 말이야"로 시작할 이야기가 한가득이지만, 마음을 정한 후배들에게 그런 얘기가 무슨 소용이 있겠는가?

오늘도 되돌아가는 후배의 뒷모습을 보면서 헛헛한 한숨만 길게 내쉰다.

8. 3D 업무지만 중독성도 심한
스포츠 캐스터의 세계

"야 그러면 뉴스나 예능을 했어야지? 나 40년을 넘게 스포츠 중계방송을 했지만, 날 아는 사람은 얼마 안 돼. 많은 사람들이 스포츠 스타를 기억하고 그 순간을 소중히 여기지, 누가 중계한 사람한테 관심이 있냐?"

특강에 오셨다가, "많은 분들이 선생님을 알아보시겠어요"라는 후배 아나운서의 말을 들은 스포츠 캐스터 선배님의 일갈이다.

"아는 사람은 다 알고 모르는 사람은 잘 모르는 사람들이 바로 스포츠 캐스터들이야."

선배님은 아나운서답게 금세 차분한 목소리로 매듭 지

으셨다.

많은 사람들이 아나운서 하면 화려함을 먼저 떠올릴 것이다. 사실 연예인 못지않은 인지도와 그에 걸맞은 높은 연봉, 대중적인 영향력 등을 기대한다면 스포츠 캐스터는 그다지 어울리는 직업이 아니다. 뉴스 앵커나 예능 패널, 프로그램 진행자 들과 달리 스포츠 캐스터는 인지도나 사회적인 영향력도 높지 않다. 스포츠 캐스터가 되기 어려운 이유 중 하나는 높은 진입 장벽과 잦은 출장, 그리고 끊임없는 준비 과정 때문일 것이다.

다른 장르에 비해 스포츠 캐스터가 되는 데 상당한 시간이 걸린다. 아무리 스포츠를 좋아한다고 해도 두세 시간을 대본도 없이 중계한다는 것은 보통 어려운 일이 아니다. 그러다 보니 자연스레 경험이 있는 캐스터들을 선호하게 되고, 젊은 캐스터들에게 기회가 많이 주어지지 않는다. 여기에 어떤 스포츠를 담당하든 따라오는 잦은 출장은 스포츠 캐스터를 3D 직업으로 만드는 이유이기도 하다. 국내 스포츠를 진행하면 현장을 가야 하고 해외 스포츠를 맡게 되면 해외 출장을 가야 하거나 국내에 있더라도 다른 나라의 시차에 자신의 생활 리듬을 맞춰야 한다. 자기희생과 자기 절제가 절대적으로 필요한 직업이다.

쉴 새 없이 이어지는 준비의 과정도 캐스터에게는 고된 일이다. 다른 프로그램들은 대개 작가들이 있거나 제작진 중 도움을 줄 사람들이 있다. 하지만 스포츠 캐스터는 혼자 오롯이 두세 시간을 책임져야 한다. 해설자만큼은 아니어도 그 종목의 팬 못지않게 해당 종목과 선수에 대해서 잘 알아야만 한다. 이 힘든 과정을 겪어야 비로소 한 명의 스포츠 캐스터가 태어나는 것이다. 사실 이런 과정 때문에 많은 유망 예비 방송인들이 스포츠 캐스터를 꺼린다.

그럼에도 스포츠 캐스터이기에 누릴 수 있는 특권이 있다. 힘들고 지치고 어려운 업무에도 아드레날린이 치솟고 무엇인가 중독된 듯한 희열을 맛볼 수 있는 순간이 있다.

스포츠 관람, 누군가의 소확행을 당연하게 누리는 권리와 의무
언론사와 인터뷰를 하게 되면 자주 받는 질문이 있다.

"스포츠 캐스터가 돼서 가장 행복한 일은 무엇인가요?"

한 0.5초 정도 생각하다가 바로 대답을 한다.

"공짜로 가장 좋은 좌석에서 경기 보는 것하고요, 근무 시간에 스포츠 중계 봐도 되는 거죠."

너무 당연한 대답이어서 대개 묻는 이가 실망한다. 그러나 진정 사실이다. 농구나 배구 중계석은 대개 사이드라인 근처에 있다. 경기장 가운데 센터라인 부근이라 정말 선수들의 땀방울과 목소리를 바로 옆에서 느낄 수 있을 정도로 가깝다. 중계석 양쪽 자리는 예전 기자석이나 귀빈석으로 활용했던 좋은 자리인데 프로구단들이 높은 가격에 판매하고 있다. 중계를 한다는 이유만으로 그런 자리에 앉는다는 것은 대단한 행복이다.

그뿐인가, 프로야구의 포스트시즌 경기는 표 구하기가 하늘의 별 따기라 할 만큼 어렵다. 남들은 이런저런 방법을 동원해서 표를 구하는데, 나를 위해 가장 좋은 자리 하나가 마련되어 있다. 당일 방송을 준비한다는 이유로 팬들의 우상인 양 팀의 감독과 선수를 만나고 관계자를 만나서 이야기를 나눌 기회도 제공된다. 평생 가야 팬들이 실제로 한 번 만날까 말까 한 사람들을 말이다.

"야, 오늘 류현진 어떻게 됐어?"

류현진 선수가 다저스에서 활약하던 시절, 다저스 중계방송이 끝나고 나면 친구 한두 놈이 전화를 해서 꼭 이런 질문을 했다. 인터넷으로 찾아보면 바로 알 수 있을 텐데 꼭 전화를 해서 물어본다. 친구 놈이 중계한다니까 일종의 관심 표현이겠거니 받아주었는데, 친구들을 직접 만나고 보면 진심으로 나를 부러워한다는 느낌을 받는다.

"근무 시간에 TV로 스포츠 중계 보고 있어도 아무도 뭐라고 안 하냐?"

"아니 안 보고 있으면 뭐라고 하지, 제정신이냐고?"

사실 이런 직업이 없다. 오전에 메이저리그든, NBA든, NFL 풋볼이든 중계방송을 보고 있어도 불성실하다고 비난하는 사람은 아무도 없다. 반대로 NBA 챔피언 결정전을 안 보고 있다가 선배에게 한 소리 들은 적은 있다. 스포츠를 좋아하는 친구들은 업무 시간에 TV 시청은 언감생심이고, 조용히 자기 자리에서 일을 하다가 힐끔힐끔 문자 중계를 확인하는 게 전부라고 한다. 저녁에 진행되는 프로야구나 프로축구, 배구와 농구도 마찬가지라고 한다. 야근, 회식, 거래처 미팅 등 이런저런 모임이 있는 날이면 경기장을 직접 찾아가서 좋아하는 팀을 응원하는 것은 물론, TV로 제대로 시청하는 일도 쉽지 않다는 것이다. 기껏해야 주말에 TV로 경기를 보는 것이 일상의 소소한 즐거움이라나. 자기들의 현실이 이러한데, 친구란 놈은 좋아하는 야구(축구, 농구 등)를 매일 현장에서 중계방송하며 월급도 받고 있다고 하니 얼마나 부러워하는지 모른다.

사실 친구들이 모르는 또 다른 비밀이 있다. 스포츠 캐스터 일을 한다는 이유만으로 우리 집에서도 경기가 진행되는 동안 TV 리모컨 소유권은 당당하게 나에게 주어진다.

스포츠 캐스터에게도 '팬'이란 존재가 있다

실제로 생각지도 못한 곳에서 팬들을 만나기도 한다. 아는 사람은 잘 알고 모르는 사람은 절대 모를 나 같은 스포츠 캐스터를 알아보는 열성 팬들이 있다. 한번은 식구들과 마트에서 장을 보는데 중년의 남성 한 분이 우리 쇼핑 카트를 계속 따라오는 것을 느꼈다. '동선이 겹치는 건가? 이상한데?' 하는 생각을 하며 한두 번 길을 터 주었다. 그리고 계산대를 지나가는데 앞선 그 남성분이 나타나서는 큰 목소리로 한마디 했다.

"오늘은 중계가 없나 봐요? 사실 내가 한 캐스터 팬이요."

옆에 계시던 부인으로 추정되는 분이 거드신다.

"아 이 양반이 아까부터 아는 체하려고 여기서 기다렸어요, 맨날 한 캐스터 중계방송만 틀어놓는다니까."

겸연쩍어하며 함께 사진을 찍었다. 정말 생각지도 못한 곳에서 팬을 만났다. 정말 고마운 분들이다. 사실 야구장에 정장 입고 나타나면 모를까 평상복을 입고 여기저기 돌아다니는 평범하게 생긴 사람을 알아보기란 상당히 어렵다.

그분들이 건네는 따뜻한 한두 마디에 업무에 대한 부담, 생방송에 대한 압박감을 잠시 잊게 된다. 그저 방송이 생업이기에 열심히 한 것인데 내 중계방송을 좋아해 주고 관심을 가져주는 분들이 있다는 게 얼마나 감사한 일인가. 그리고 더 큰 책임감도 느끼게 된다. 나를 지켜보는 분들을 위해서라도 더 열심히 준비해서 좋은 방송을 보여드려야 한다는 다짐을 저절로 하게 된다.

일상이 된 '레전드'와의 만남

해설위원들은 대개 한 시대를 풍미했던 스타플레이어 출신들이 많다(선수 출신이 아닌 분들도 있다). 어느 해설위원도 그 분야에서 인정받지 못한 분은 단 한 명도 없다. 그야말로 '레전드'라 불릴 만큼 업적을 이루었거나 전문성을 인정받은 인물들이다. '스포츠 키드'였던 내게 그들은 모두 하나같이 추억이 있는 인물들이다.

허구연 해설위원은 내가 어린 시절 프로야구를 보며 나도 중계방송을 하고 싶다는 꿈을 꿨을 적부터 해설위원이었다. 경기의 맥을 짚어주는 능력, 정확히 꿰뚫어 보는 예상, 날카로운 분석 등 그때나 지금이나 그는 해설위원으로서 오래전부터 방송계의 전설이다. 실제로 그보다 더 오래된 해설위원은 아직 없다. 그런 그가 지금 나와 함께하고 있는 파트너라는 것은 무한한 영광이다.

KIA 타이거즈와 삼성 라이온즈의 경기를 중계할 때면 광주에서든, 대구에서든 융숭한 대접을 받던 때가 있었다. 해설위원들 덕분이다. 바로 이종범과 양준혁 해설위원과 손발을 맞추게 되면 경기 중계를 마치고 야구장에서 나가는 데까지만 줄잡아 한 시간 가까이 소요됐다. 팬들의 사인 요청에 정말 번호표까지 준비해야 하는 것 아니냐는 농담을 할 정도였다.

두 해설위원뿐이었겠는가? 대전에 정민철, 인천에 박재홍, 부산에 양상문, 잠실에 이상훈과 차명석, 고척에 심재학까지 이분들과 나타나면 팬들은 여기저기서 모여들었고 돌아오는 길에는 각종 음료수와 간식거리가 한 아름 들리기도 했다.

해설위원들뿐만이 아니다. 스포츠 캐스터라는 명목으로 큰 노력을 들이지 않고 평범한 사람들은 쉽게 만나보기 어려운 대단한 인물들을 만났다. 한국 야구사에서 늘 회자되는 '1982 세계야구선수권대회 역전 3점 홈런' 한

대화, '무등산 폭격기' 선동렬, '오리 궁둥이' 타법의 김성한, 프로야구 초대 홈런왕 김봉연, '팔색조' 조계현, '선산지기 노송' 김용수, '국보 유격수' 류중일, '원조 타격기계' 장효조, '헐크' 이만수, '십두세(10년 연속 두 자리 승수, 세 자리 탈삼진)' 이강철, 역대 외야수 레전드 이순철, '악바리' 이정훈, 유니콘스 마지막 주장 이숭용, '꾀돌이' 류지현 등등 이런 스타들을 어떻게 만날 수 있었겠는가?

그 외에도 다른 종목의 스포츠 스타들과 방송인들과 기자들, 구단 관계자들 또한 스포츠 캐스터를 하는 덕분에 만날 수 있었고, 좋은 자극을 받을 수 있었다.

역사의 순간을 함께하는 목소리

새로운 시즌이 되면 각 팀의 인사에 따라 새로운 직원들과도 인사하고 각 언론사의 새로운 기자들 혹은 아나운서들과도 인사를 나눈다.

"안녕하세요? 한명재입니다, 잘 부탁드려요."

자기소개를 하고 명함을 주고받다 보면 상대방에게서 묘한 느낌이 들 때가 간혹 있다.

"안녕하세요, 저야 선생님 잘 알죠, 예전에 제가 좋아하는 팀 우승했을 때 하셨던 멘트 지금도 기억하고 있습니다."

"팬이었습니다. 한번 뵙고 싶었어요."

20년 넘게 이 일을 하고 있다 보니 상대방의 의례적인 인사치레로 여겼다. 그런데 내 중계방송을 들으며 자기도 스포츠 현장에서 일하고 싶다고 미디어 업계에 들어왔다고 진지하게 말하는 사람을 여럿 보게 되었다.

돌이켜 보면 스포츠 캐스터로 활동하면서 어려운 점도 많았지만 그에 못지않게 행복한 순간도 참 많았다. 특히 내 목소리로 역사적인 순간이 남겨진다는 것은 무엇보다 가장 큰 보람이다.

팬들에게 강한 인상으로 각인될 극적인 순간이, 운 좋게도 내 목소리와 내 이야기로 기억된다는 사실은 정말이지 신선한 경험이었다. 누군가는 우승의 환희를, 다른 이는 오랫동안 잊지 못할 패배의 눈물을 기억할 것이다. 그리고 그 순간, 귓바퀴로 들어오는 목소리와 이야기가 하나의 추억이 된다면 그것은 나에겐 최고의 보람이자 선물이 아닐까 싶다. 역사의 기록원인 사관의 마음으로 순간과 순간을 이어가야 할 텐데, 오늘도 고민이 하나 더 는다.

오늘 중계방송에서는 무슨 멘트를 해야 할까?

2장.
**점심보다 저녁,
출근보다 출장**

1. 야구 중계 시작, 스프링캠프

야구 캐스터에게 새해 첫 스케줄은 출장이다. KBO 야구와 메이저리그 야구를 담당하다 보니 대개 2월은 시즌 대비 스프링캠프(시즌을 앞두고 각 팀마다 막바지 점검을 하고 연습 경기를 치르는 기간을 의미한다. 대개는 1월 말부터 3월 초까지 진행된다)에 가서 취재하는 데 시간을 보낸다. 코로나19 바이러스가 유행하면서 최근에는 분위기가 많이 달라졌는데, 그 전까지만 해도 KBO 팀들은 모두 따뜻한 곳으로 떠나 스프링캠프를 차렸다. 미국 남쪽 플로리다와 애리조나, 일본 남쪽 오키나와, 미야자키, 가고시마 등이 인기 있는 캠프지였다.

미국의 메이저리그 팀들도 남쪽에 스프링캠프를 차린다. 그러다 보니 2월은 나에게 출장 시즌이 된다. 이때부터 장돌뱅이 생활이 시작된다. 출장 기간은 짧게는 열흘에서 길게는 20일 정도 된다. 얼마 안 되는 기간이지만 가는 곳마다 기후가 제각각이어서 준비해야 할 출장용품들이 참으로 다양하다.

덥고 습기가 많은 미국 플로리다에 가려면 여름옷은 기본이고 선글라스도 필수다. 낡고 오래된 숙소가 많아 진드기 제거제도 꼭 챙겨야 한다. 애리조나는 아침저녁으로 쌀쌀해서 긴 소매 옷이 필요하다. 이곳은 건조해서 피부 보습제와 립밤을 챙겨 가야 한다. 플로리다건 애리조나건 모두 선크림 SPF 지수는 높은 것으로 준비하는 편이 좋다. 물론 현지에서도 살 수 있다. 하지만 새벽부터 숙소를 나갔다가 밤늦게 돌아오는 강행군을 소화해야 하고, 우리나라와 달리 편의점 찾기가 쉽지 않고 따로 시간을 내서 대형 마트를 갈 상황도 아니다 보니 아예 출장을 가기 전에 빈틈없이 준비해 놓는 것이 여러모로 편하다.

미국에 비해 일본은 스프링캠프지로 굉장히 인기가 좋다. 거리도 가깝고 음식도 무난해서 여러 팀들이 선호한다. 캐스터들도, 프로듀서들도, 해설위원들도 미국보다 일본으로 출장 가는 걸 반긴다. 일본으로 출장 가기 전에 제일 먼저 준비해야 할 것은 국제면허증이다. 물론 미국에 갈 때도 필요하지만, 일본은 우리나라와 달리 자동차가 좌측통행을 하고 운전석이 오른쪽에 있어서 경험 있는 운전자가 절실하다. 몇 년 전까지 안전상의 이유로 택시를 타고 다녔는데, 경비 절감과 출장 내공과 함께 일본 내 운전경력이 쌓인 스태프들의 실력이 발휘되면서 요즘은 렌터카로 직접 운전하고 다니는 것이 트렌드가 되었다.

출장 인원은 그야말로 소수 정예다. 프로듀서 한두 명, 카메라맨 한 명, 캐스터 한 명, 아나운서 한 명, 해설위원 한 명. 네다섯 명이 한 팀으로 움직이는 것이 가장 흔하다. 렌터카를 타고 다녀야 하다 보니 승용차 기준 인원 혹은 대형 SUV에 탈 수 있는 최대 인원으로 출장 인원이 결정된다. 인원이 적은 만큼 일당백의 임무를 맡아야 한다. 카메라맨이 있지만, 프로듀서들도 카메라를 들고 촬영을 한다. 요새는 아나운서, 해설위원도 고프로Go-Pro 같은 셀프카메라를 들고 다니며 취재한다.

현장 섭외 인력도 따로 없다. 공식 인터뷰까지는 프로듀서가 미리 손을 써서 약속을 잡아내지만, 캐스터와 해설위원이 돌아다니며 인터뷰를 요청하고 관련 인사들을 직접 섭외해 오기도 한다. 상황에 따라서는 통역요원, 운전기사는 물론 맛집을 찾는 여행가이드가 되기도 한다.

해외로 출장을 떠난 동안에는 휴일이 없다. 출발하는 날부터 돌아오는 날까지 팍팍한 스케줄로 운영된다. 물론 일정을 계획한 담당 프로듀서는 출장 전에 하루 정도 여유 있는 날을 잡아두지만, 현장에 도착해서 일을 하다 보면 휴일이 사라진다. 예를 들면 오늘 이 선수, 저 선수, 감독, 코치와 인터뷰를 하거나 리포팅을 만들 계획을 잡고 숙소를 나서지만 선수가 뜻하지 않은 부상을 입어 현장에서 모습을 볼 수 없기도 하고, 감독이 그날보다는 다른 날 인터뷰하고 싶어 하기도 하고, 다른 선수들의 인터뷰가 길어지면서 운동 스케줄이 밀린 선수들이 다른 날 인터뷰하기를 간청하기도 한다. 그러다 보면 자연스럽게 일정이 꼬인다. 실제로 14박 15일 동안 출장의 마지막 날 하루를 휴일로 잡았지만, 그날도 해가 지기까지 구단 관계자와 인터뷰를 했던 기억이 있다.

오늘 인터뷰를 하기로 해놓고 오후 훈련이 끝나고 하겠다고 미룬 선수가 있다. 그 선수는 훈련을 끝내곤 오늘 말고 내일 하자고 미루고, 다음 날 가보니 연습경기를 마치고 하겠다고 했다가 막상 경기가 끝나니 몸 상태가 너무 좋지 않다며 또 미뤘다. 인터뷰의 '인' 자가 '참을 인忍' 자라는 이야기는 야구 방송세계에서는 너무도 유명한 이야기다. 끝없는 기다림의 연속이다.

이런 일도 벌어진다. 몇 년 전 한화 이글스의 스프링 캠프에서 있었던 일이다. 당시 한화는 김성근 감독이 팀을 맡고 있을 때인데, 알다시피 야수들의 훈련량이 어마어마했다. 아침 8시부터 시작한 훈련은 대개 밤늦게까지 이어졌다. 주전 2루수였던 정근우 선수와 인터뷰를 했다. 이야기를 마쳤는데도, 그는 자리를 떠날 생각이 없는 듯 계속 자리에 앉아 있더니 조심스레 입을 열었다.

"인터뷰 더 하면 안 돼요? 질문할 거 더 없어요? 저 관련된 거 말고 다른 질문도 제가 아는 건 말씀드릴게요."

알고 보니 얼마나 훈련이 힘들었는지 조금이라도 인터뷰를 핑계로 쉬는 시간을 벌어보고 싶은 것이었다. 우리도 그 훈련을 지켜보고 있었기에 선수의 마음은 충분히 이해할 수 있었지만, 지나치게 인터뷰가 길어지면 구단 관계자와 감독님의 눈치가 보이기에 어쩔 수 없이 그를 훈련장으로 돌려보낼 수밖에 없었다.

스프링캠프의 취재 인터뷰 업무에서 고생을 가장 많이 하는 사람은 여자 아나운서다. 앞서 말했듯 출장 인원에 한계가 있어서 여자 아나운서는 홍일점인 경우가 많다. 캐스터와 해설위원은 인터뷰 경험이 많고 현장에서 친밀도가 높아 주로 구단 관계자, 코칭스태프, 베테랑 선수들을 맡는다. 그 외 선수들은 여자 아나운서가 담당한다. 그러다 보니 여자 아나운서는 하루에도 선수들 수십 명과 인터뷰를 진행한다. 인터뷰를 하려면 선수의 프로필은 기본이고 작년 시즌 성적, 성향, 친한 친구들, 관련 에피소드 등등 챙길 것이 무척 많다. 물론 출장 전부터 인터뷰 준비를 하지만, 인터뷰 전날 혹은 당일 아침에도 추가로 준비하고 내용을 다시 숙지해야 한다.

인터뷰는 인터뷰이와 인터뷰어 사이의 흐름이 매우 중요하다. 한 번 흐름이 끊기면 맥을 이어가는 데 애를 먹는다. 순서를 확인하기 위해 혹은 다음 질문을 확인하려고 질문지를 보는 순간 그 흐름은 깨지고 만다. 거의 머릿속으로 질문에 대한 요지 및 순서 등을 담아두어야 한다. 그리고 인터뷰이의 대답을 들으며 좀 더 심화된 질문을 할 것인지, 준비해 놓은 다른 질문을 던질 것인지 결정해야 한다. 그러다 보면 인터뷰이와 뜻하지 않게 기싸움을 하게 된다. 준비가 미비하거나 자연스럽게 흐름을 타지 못하면 끌려가거나 질문지에 의존할 수밖에 없다. 그 때문에라도 인터뷰 전날이나 당일 아침에 이미지 트레이닝을 해야 한다.

인터뷰의 모든 영상은 녹화된다. 때문에 여자 아나운서가 가장 먼저 일어나 메이크업을 한다. 해외 출장에서 헤어숍을 찾아가 전문가의 도움을 받을 수 없기에 꼭두새벽부터 메이크업 아티스트 역할도 완수해야 한다. 의상도 책임져야 한다. 매일 똑같은 의상을 입을 순 없기에 20여 벌 정도 방송용 의상을 싸 와서 매일 다른 패션을 연출하는 코디네이터 역할까지 도맡게 된다.

무엇보다 가장 견디기 힘든 것은 인터뷰에 대한 평가일 것이다. 해외 출장을 간다고 하면 으레 업무를 마치고 보너스처럼 따라오는 유명 관광지 방문이나 대형 쇼핑몰에서 알차게 쇼핑하는 모습을 떠올리게 되지만, 야구팀의 스프링캠프지는 다르다. 출장팀에게 허락된 최고의 사치는 일정을 마치고 업무 스트레스를 잠시나마 식힐 수 있는 아이스 아메리카노 혹은 시원한 생맥주 한 잔 정도에 불과하다.

매일 수많은 선수들과 인터뷰를 하다 보면 나중에는 누

구와 무슨 말을 나눴는지 헷갈릴 수밖에 없다. 질문 내용이나 방식이 단조로워지기도 한다. 하지만 함께 출장을 온 프로듀서와 캐스터, 해설위원은 그런 나태함을 용인하지 않는다. 여자 아나운서 못지않게 출국 전부터 준비해온 선배들은 하나같이 선수 개개인에 대해 속속들이 알고 있다. 아나운서는 인터뷰 중 선수 정보가 틀리거나 내용의 초점이 맞지 않으면 날카로운 눈빛을 피할 수 없다. 그런 경우가 잦아지면 격려보다 지적을 받게 되고 그런 말들은 가슴에 화살이 되어 꽂힌다. 그 때문에 가끔 저녁 회식 분위기가 서늘해지기도 한다.

스프링캠프의 힘든 출장 일정에서 유일한 위안거리는 일과를 마치고 숙소 앞에서 진행되는 저녁 회식이다. 출장 첫날, 십시일반 회비를 거둬 그 돈으로 함께 저녁을 먹는다. 아침과 점심은 허기를 때우는 정도로 간단하게 먹기 때문에 저녁만큼은 제대로 먹고 싶은 보상 심리가 있다. 시간에 쫓기지 않고 조금이나마 여유를 누리면서 말이다. 미국 출장이라면 스테이크라도 한 조각 먹고 싶고, 일본 출장이라면 초밥 한 접시에 생맥주 한 잔이라도 곁들이고 싶은 게 사람의 마음이다.

그러한 심리로 똘똘 뭉친 사람들이 식사를 시작하지만,

10분쯤 지나면 결국 이야기의 화제는 야구와 방송 이야기로 모인다. 오늘 인터뷰했던 선수, 취재했던 팀에 대해 서로 이야기를 나누고, 내일 만날 구단 관계자, 감독, 코치, 선수 등에 대해 조금이라도 도움이 될 만한 이야기를 나눈다. 회식 자리에서도 늘 빠트리지 않는 것이 인터뷰에 대한 서로의 평가다. 우리는 어쩔 수 없는 방송쟁이들인가 보다. 이러한 하루하루를 보내면 보름 일정의 출장도 눈 깜짝할 사이 지나간다.

2. 피할 수 없고 즐길 여유도 없는, 출장

몇 년 전에 미국에서 스포츠 캐스터로 일하는 부부에 관한 재미있는 기사를 읽었다. 남편은 중계 캐스터로 미국 전역을 돌아다니고, 아내도 중계 현장에서 사이드라인 리포터Sideline Reporter(경기 도중 현장의 새로운 소식을 전해주는 기자 같은 역할을 한다)를 하는 신혼 부부였다. 결혼하기 전에도 각자의 스케줄을 소화하느라 장거리 연애를 했는데, 두 사람은 결국 사랑의 결실을 맺어 결혼을 하기로 했다.

그런데 필연적인 문제가 발생했다. 과연 어디에 신접살림을 꾸릴 것인가? 서로 입장과 처지를 고려해서 격론 끝에 부부는 해답을 찾았다. 평범한 사람들의 눈에는 땅덩

이가 큰 미국에서 이 부부가 어느 지역을 선택할지에 관심이 갈 텐데, 현명한 부부는 관점이 달랐다. 그들은 공항 부근을 우선으로 삼고 주거 여건을 살폈다고 한다. 우리와 달리, 비행기가 출장 가는 교통수단인 미국에서 이보다 영리한 선택이 있을까?

스포츠 캐스터에게 출장은 필연이다. 때문에 아나운서를 뽑는 면접장에서 빠지지 않는 질문은 "아무 데서나 잘 자나요?", "못 먹는 음식이 있습니까?", "여행 좋아해요?", "체력은 자신 있나요?", "건강한가요? 운동 좋아하나요?" 등이다. 이런 물음에 긍정적인 답변을 할 수 없다면 다른 직종을 알아볼 것을 추천한다. 실제로 KTX나 고속버스를 타고 이동하는 일을 힘들어 하거나, 모텔 생활을 어려워해서 이직을 한 캐스터와 아나운서 들이 있다. 이해하지 못할 바도 아니다.

멀미가 심해서 매번 출장 오가는 업무가 고역이었던 어느 후배는 캐스터 일을 오래 하지 못했다. 모텔에서 혼자 자는 것을 두려워해 밤새 뜬눈으로 지내다가 해가 뜨면 잠시 쪽잠을 자고 나오는 후배도 지금은 다른 일을 하고 있다. 잠자리는 가리지 않지만, 아침부터 다른 도시로 이동하고 사람을 만나 취재하고 방송하고 끝나면 스태프들과 뒤풀이하는 스케줄을 버티지 못하고 그만둔 친구도 있다. 메이크업이 서툴러서 출장 전날 메이크업 샵에서 받은 눈 화장을 차마 지우지 못했던 후배는 이제 코디네이터와 함께 움직이며 방송을 하고 있다.

어느 누구에게나 집을 떠나서 낯선 도시로 이동하고 낯선 사람을 만나고 낯선 음식을 먹고 원래 잠자리가 아닌 낯선 곳에서 잠을 자는 건 어려운 일이다. 20년 넘게 이일을 하고 있는 나도 출장을 갈 때마다 매번 새삼 힘들다는 걸 느낀다.

야구 중계는 보통 이번 주 금요일이 되면 다음 주 스케줄이 결정된다. 중계할 구장이 수도권인지 지방인지부터 확인한다. 수도권이면 그나마 잠은 집에서 잘 수 있으니 위안으로 삼는다. 지방이면 어떻게 움직일지 고민하기 시작한다. 일단 3연전(가을부터는 2연전으로 바뀐다)을 마치는 마지막 날 집으로 돌아올 수 있는지부터 가늠해 본다.

프로야구의 정규시즌은 주중 3연전(화, 수, 목)과 주말 3연전(금, 토, 일)으로 나뉜다. 주중 3연전 마지막 날인 목요일은 야간 경기인 데다가 몇몇 지방은 서울행 KTX의 막차가 밤 9~10시에 배치되어 있다. 주말 3연전 마지막 날인 일요일은 다행히 주간 경기지만 귀경객과 관광객이 몰려 차표를 예매할 수 있는지 걱정이다.

의상도 신경이 쓰인다. 그나마 최근에는 중계복을 입어서 고민이 덜하다. 예전에는 기본적으로 정장 세 벌, 타이 세 벌, 셔츠 세 벌은 챙겨 가야 했다. 중계 캐스터, 해설위원, 아나운서 들은 큼지막한 캐리어를 들고 다닌다. 그 캐리어에는 속옷, 양말, 세면도구부터 복용 상비약, 섬유 탈취제, '맥가이버 칼'이라 불리는 멀티툴까지 없는 게 없다. 여기에 노트북과 기록지를 담은 가방까지 메고 움직인다.

지방으로 이동하는 데 주요 수단은 고속열차 KTX. 짐이 많다 보니 역으로 가려면 택시를 타거나 가족 중 누군가의 도움을 받는다. 이도저도 상황이 안 되면 차를 몰고 역 부근 주차장에 두었다가 주차비를 물어야 한다.

요즘은 어플을 통해 어렵지 않게 기차표를 예매할 수 있지만, 자칫 공휴일이 이어지는 연휴나 추석 명절에 출장 일정이 잡히면 차표 구하는 것부터가 전쟁이다. 대개는 경기장에 도착해야 하는 시간에서부터 거꾸로 계산해서 빠듯하지 않게 차표를 예매한다. 하지만 만반의 준비를 해도 어쩔 수 없는 상황에 맞닥뜨릴 때가 종종 있다.

역에 가다가 뜻하지 않게 도로 공사 혹은 교통사고로 인해 정체에 막히면 식은땀이 난다. 실제로 시간적 여유를 두고 출발했건만 두 차선을 차단한 채 도로 공사를 하는 바람에 역이 아닌 공항으로 행선지를 바꿔 비행기를 타고 출장을 간 적도 있다.

지방 기차역에 도착하면 야구장까지 보통 택시를 이용한다. 내가 새로운 도시에 도착해서 제일 처음 만나는 분들은 택시 기사님들인 셈이다.

"야구장으로 가주세요."

이렇게 부탁하면 "오늘 야구합니까?" 혹은 "야구 보러 서울에서 왔어요? 뭐 하러 이렇게 일찍 가요?" 하는 질문들이 돌아온다. 간혹 내 목소리를 알아듣고 "아, 잘 듣고 있습니다"라고 반가이 맞아주는 분들도 있다. 그럼 야구장까지 가는 동안 택시 안은 야구 이야기로 꽃을 피운다. 혹은 야구 말고 그 지역의 경제 이야기나 정치 이야기로 주제를 삼는 분들도 있다. 미디어에서 보고 들은 것과 다른 민심이 읽히기도 한다. 그러다 보면 어느새 야구장에 도착한다.

경기가 시작하기까지 서너 시간 전, 지금부터 캐스터의 본격적인 업무는 시작된다. 막 특타(타격 컨디션이 저조한

선수들을 대상으로 하는 특별 훈련)를 시작한 선수들, 경기
장으로 출근하는 선수들, 미디어 기자들을 맞이하는 프런
트 직원들로 야구장은 서서히 활기가 돈다. 오늘의 경
기를 위해 서서히 열기가 오르고 있다.

3. 현장 사람들의 거룩한 의식, 야식

치열한 경기가 끝나면 숙소를 향한다. 숙소는 야구장에서 멀지 않은 모텔이다. 몇 년 동안 거래를 해온 모텔 사장님은 우리 출장을 미리 체크해 두고 방을 빼놓기도 한다. 깨끗하고 내부 시설도 최신식으로 갖춰져 있지만, 처음으로 발을 내딛는 제작진들과 여자 아나운서에게는 모텔이라는 이름에서 전해지는 생경함이 분명 있는 것 같다. 그래서 여자 아나운서들에게는 비즈니스호텔을 추천하지만, 혼자 다른 숙소에 머무는 것도 그들에게는 부담스러운 모양이다. 대부분 불편하더라도 같은 숙소를 이용하려 한다.

숙소에 짐을 풀어놓고 옷만 갈아입고 늦은 저녁 식사

를 한다. 일종의 회식인데, 이 맛에 빠지면 고달픈 출장도 손꼽아 기다리는 행복한 여행이 된다. 야간 경기는 보통 6시 30분에 시작된다. 방송을 준비하다 보면 저녁을 4시 30분쯤 먹는다. 급한 상황이 벌어지면 요깃거리로 대충 때운다. 경기가 끝나면 보통 10~11시가 되는데, 이때는 허기가 극에 달한다. 더구나 말을 업으로 삼고 사는 캐스터, 아나운서, 해설위원 들은 방송을 하면서 기가 많이 빠져나간다. 그래서 이 일은 야식을 달고 살 수밖에 없다.

그런데 이 자리는 단순히 먹고 마시는 회식이 아니다. 오늘 경기의 승부처, 중계방송 및 제작 진행에 대한 평가, 자아비판에서부터 선수와 구단에 대한 비판과 칭찬, 평소의 야구관은 물론, 예전 방송의 실수담, 내일 경기 예상평까지 프로듀서, 해설위원, 캐스터, 아나운서, 스태프까지 일고여덟 명이 쏟아내는 대화들이 얼추 마무리되면 음식점 사장님이 조심스레 테이블로 찾아온다.

"저희 문 닫을 시간입니다."

새벽 2~3시는 기본이다. 간혹 분위기가 달아오르거나 경기가 연장까지 치러져 늦게 끝나면 동이 틀 즈음 숙소로 돌아가게 된다. 이것으로 모든 일과가 끝나면 얼마나 좋을까? 케이블 스포츠 채널에서는 하필이면 프로야구

재방송을 새벽에 한다. 누가 시킨 일이 아니지만, 나는 자연스럽게 우리 방송이나 다른 방송사의 중계를 보다가 잠이 든다. 누가 시켜서 하는 일은 아니다. 하지만 미래 방송을 위해 예습한다는 마음으로 모니터를 하게 된다.

암묵적으로 기상 시간이나 점심 약속은 하지 않는다. 간혹 구단 관계자나 지방에 있는 인사들이 점심식사를 제안하기도 하는데, 이런저런 이유로 거절한다. 가장 큰 이유는 점심시간을 맞추기가 어렵기 때문이다. 오후 2시 반 혹은 3시쯤 숙소 앞에서 모여 다시 우리의 일터인 야구장으로 출발한다. 그 전까지는 온전히 자유시간이다.

생활 패턴이 이러다 보니 주변에서는 전국의 맛집은 꿰고 있을 거란 선입견 아닌 선입견이 있는 모양이다. 맛집을 추천해 달라는 사람이 적지 않고, 맛집과 관련해서 원고를 써 달라는 청탁을 받기도 했다. 하지만 나는 먹는 것에 별다른 관심이 없고, 맛집도 잘 알지 못한다. 바쁜 출장 스케줄에서 시간을 내 어디 가서 식사를 하고 온다는 것도 상당한 사치처럼 느껴진다.

몇 년 전 후배 캐스터가 야구장 맛집에 관한 책을 출간했다. 전국 야구장 주변의 맛집과 카페를 소개하는 의미 있는 책이었다. 동료 아나운서들 중에도 맛에 대한 기가 막힌 사진과 평가를 개인 SNS에 올려놓는 이들도 많다.(궁금하시다면 정병문 아나운서나 박지영 아나운서의 SNS를 찾아보시길 바란다.)

코로나19 바이러스의 유행으로 늦게 시작된 2020 시즌, 나에게 조그마한 변화가 생겼다. 출장을 가도 예전처럼 모이는 것이 힘들어졌다. 경기가 끝난 후 회식도 마찬가지다. 간소화하거나 각자 식사를 하게 되었다. 자연스레 오전에 누릴 수 있는 시간이 많아졌다. 모텔에 혼자 있는 걸 별로 좋아하지 않는 나는 숙소 부근에서 가볍게 운동을 시작했다. 운동이라기보다 산책하는 수준이지만, 걷고 나면 시장기가 돌았다. 그러다 보니 어쩔 수 없이 '고독한 미식가'처럼 혼자 음식점을 찾기 시작했다.

처음에는 자주 찾았던 식당을 찾아가서 점심을 먹었다. 식당 사장님은 혼자 온 내가 안쓰러웠는지 자꾸 음식을 더 내주셨다. 그 음식을 남기기가 미안해서 마음이 불편해지기 시작했다. 그래서 다른 식당을 검색해 보기도 하고, 선수들에게 물어 숨은 초야의 맛집을 찾아다니기도 했다.

역시 맛집은 맛집이었다. 별로 좋아하지 않는 메뉴도

그 집에서 먹어보니 기가 막혔다. 혼자 먹기 아까울 정도였다. 그런데 한두 달이 되니 다시 예전으로 돌아왔다. 숙소 근처 식당을 찾거나 편의점 도시락으로 끼니를 때웠다.

그 음식점들이 맛이 없거나 시간이 아까운 것도, 맛집을 찾아다니는 열정이 사그라진 것도 아니었다. 맛집을 탐방하면서 나는 중요한 사실을 깨달았다.

첫째, 나에게는 절대 미각이란 것이 없었다. 난 단순히 간만 입에 맞으면 만족했다. 굳이 유명한 맛집을 찾아다니지 않아도 웬만한 식당의 요리사 솜씨에도 맛있어 할 정도의 미각을 보유하고 있었다. 때문에 맛집 탐방이 불필요하게 여겨졌다.

둘째, 혼자 맛집을 찾아가서 〈고독한 미식가〉의 주인공처럼 밥을 먹는 일에 별다른 기억이 남지 않았다. 식당에 들어가서 분위기를 살피고 메뉴를 정하고 음식이 나오면 사진을 찍고 맛을 음미하는 것에 즐거운 추억이 남지 않았다. 나에게 그 식당의 맛과 추억에는 누구와 함께 가서 어떤 이야기를 나누며 어떤 분위기에서 무엇을 함께 먹었는지가 중요하게 작용한다. 혼자 먹는 산해진미의 육첩밥상보다 스태프들과 함께 먹는 분식집의 김밥과 라면이 더 맛있고 더 오래 기억으로 남는다.

나이를 먹어가면서 맛있는 걸 먹는다는 게 얼마나 행복한 일인지 새삼 깨닫는다. 이왕이면 좋은 사람들과 맛있는 음식을 함께 나누는 일이 소중하다. 이런 시간들이 하나둘 쌓여 소중하고 행복한 추억이 되는 것 같다. 어쩌면 우리는 맛집의 맛을 기억하는 것이 아니라 누군가와 함께한 시간을 기억하는 것이 아닐까. 코로나 바이러스가 하루빨리 지나가서 야구장에서 관객들이 목청껏 응원하고, 경기 후 스태프들과 주린 배를 채우며 야구와 방송에 대한 열정도 나누었던 회식을 할 수 있기를 기대해 본다.

4. '홈'을 향한 머나먼 귀갓길

'캐스터 ○○○ 연간 전국 주행거리 3500km 연간 출장 60회'

　몇 년 전에 신입 아나운서 공채 프로모션으로 이런 아이디어를 낸 적이 있다. 이 문구에는 '이 일은 여러분이 생각하는 것처럼 만만한 일이 아닙니다. 그래도 하고 싶으면 지원하세요'라는 의도가 담겨 있다. 이 말은 사실이자, 진실이다.

　출장을 자주 나서는 것만큼이나 힘든 일이 집으로 돌아오는 일이다. 물론 이 모든 과정을 '출장'이라는 한 단어로 뭉뚱그릴 수 있겠지만, '고 홈go home' 하는 일은 단순히 출장했다가 복귀했다는 설명으로는 부족하다.

6시 30분에 시작하는 야간 경기는 보통 10시가 되어야 끝난다. 경기 중계는 경기뿐 아니라 경기 후 수훈선수와의 인터뷰, 감독과의 인터뷰까지 하고 마친다. 때때로 리뷰 프로그램까지 맡기도 한다. 그렇게 되면 시간은 어느새 10시 반을 넘는다. 주중 3연전 마지막 날인 목요일 경기가 그 시간을 넘겨서 끝나면 결정은 간단하다. 마음을 비우고 출장 일정을 하루 더 잡는다. 하지만 10시 언저리에 끝나면 정말이지 속이 급해진다.

KTX 기차의 서울행 막차 시간은 남부 지역인 창원, 부산, 광주는 10시 안팎이다. 그 위에 있는 대구, 대전은 자정이 넘어도 차편이 있어 집으로 돌아가는 일이 어렵지 않다. 막차가 10시 이전에 있는 창원에서 중계 일정이 잡히면 마음 편히 집으로 돌아갈 생각을 하지 않고 방송에 집중한다. 문제는 부산과 광주다. 방송의 클로징 멘트를 하고 나서 그야말로 일사불란하게 움직인다. 요즘은 어플로 택시를 예약하지만, 야구장에 만원 관중이라도 모이면 택시 잡기가 하늘에 별 따기다. 여차저차 택시를 타고 역에 도착하면 오늘밤 잠자리가 집 안이 될 것인지 집 밖이될 것인지는 순전히 달리기 실력으로 좌우된다. 학창 시절에도 이렇게 달려본 적이 있나 싶을 정도로 온 힘을 다해 질주해서 겨우 기차를 잡아탄 적도 있다.

몇 년 전, 부산에서 주중 3연전의 마지막 경기가 있던 날이었다. 경기 전부터 하늘에서 애매하게 비가 떨어졌다. 취소하기에도, 경기를 시작하기에도 참으로 결정을 내리기 어려운 날씨였다. 경기는 시작되지 않았고, 양 팀 선수들은 더그아웃에서 기다리고 있었다.

'혹시 우천으로 취소되나?'

중계방송을 준비하면서도 내심 기대하고 있는데, 감독관(경기 전 진행 여부를 비롯해 경기에 관련된 중요 사항을 현장에서 결정하는 사람)이 그라운드로 내려와 흙과 잔디를 살핀다. 그러더니 기상청에 문의해 본 결과 비 예보가 더 이상 없다며 그라운드를 정비하고 경기를 시작하겠다고 한다. 결국 경기는 7시가 다 되어 시작됐다. 선발 투수들의 호투로 경기는 빠르게 전개됐지만, 도중에 비가 내리면서 중단과 속개를 반복됐다.

'오늘 집에 가는 건 어렵겠구나.'

속 시원하게 포기하고 중계하는데 경기는 9시 55분이 되어 끝났다. 당시 부산에서 서울로 출발하는 KTX의 막차 출발 시간은 10시 30분이었다. 사직 야구장에서 부산역까지 대략 11킬로미터, 30분이 넘는다. 귀가를 포기하기에는 너무 아쉬운 시간이었다.

나와 해설위원을 비롯한 스태프들 모두 짐을 바리바리메고 지고 야구장 앞 택시가 잘 잡히는 곳으로 뛰어갔다. 당시에는 택시 예약 앱이 출시되기 전이라 발로 뛰는 방법밖에 별다른 수가 없었다. 거기다 물밀듯이 빠져나온관중들까지 더해져 야구장 앞은 아수라장이었다. 일행이한 차에 모두 탈 수는 없어 두 대가 필요했다. 10시 8분쯤 어렵게 택시 한 대를 잡았다. 우선 스태프들을 태워서출발시켰다. 그리고 나와 해설위원, 여자 아나운서가 택시를 잡아타고 시간을 확인해 보니 10시 10분이었다.

"기사님, 저희가 10시 반 막차를 타야 하는데, 부산역까지 시간 맞춰서 갈 수 있을까요?"

나는 정중하게 말하려고 했지만, 말투에서 조바심을 감출 수 없었다.

"어허…… 어려울 것 같은데, 함 가보입시다."

표정이 어두웠지만 택시 기사님의 두 눈빛이 한순간 반짝였다. 다행히 길은 막히지 않았다. 하지만 평소 30분거리를 20분 안에 간다는 건 불가능해 보였다. 승부욕이 발동했는지 기사님은 속도를 올리기 시작했다. 맹렬히 달리는 택시의 창밖을 살펴보니 평소 다니던 길이 아니다. 귀를 자극하는 엔진의 과부하음, 커브를 돌면서 좌우로 쏠리면서 우리 일행은 모두 긴장한 채 손에 힘을 쥐고 손잡이를 잡았다. 교차로에서 몇 번 기가 막힌 타이밍으로 신호등이 앞길을 열어준 덕에 택시는 막힘없이 부산역에 도착했다. 시간은 두 눈이 의심스러운, 10시 26분이었다. 심지어 뛰지 않고 여유롭게 계단을 밟고 플랫폼에 도착했다.

우리는 뿌듯해하며 서로 눈길을 주고받았다. 지금은 얼굴도 기억나지 않지만 그 기사님 덕에 그날 밤은 무사히 집으로 돌아와 편안한 잠자리에서 눈을 붙일 수 있었다. 열차가 출발하고 마음이 편안해졌다. 그제야 먼저 출발한 스태프들이 떠올랐다. 핸드폰을 들고 전화를 걸었다.

"저희 막차 탔어요. 선배님은 몇 호차에 계세요?"

"뭐? 탔다고? 우리는…… 차 놓쳐서 부산역 근처 호텔에 막 체크인했어. 내일 올라가야지, 뭐."

택시를 빨리 타든 늦게 타든 집으로 돌아가는 길에 어떤 난관이 있는지는 아무도 모른다. 마치 2루에 있는 주자라고 홈으로 들어올 수 있는 것이 아니고, 1루에 있는 주자라고 홈으로 들어올 수 없는 것도 아닌 야구처럼 말이다.

지방과 달리 수도권에서 중계하는 경기는 업무를 마치고 귀가할 시간이 충분하다. 그런데 여기서도 변수가 작용한다. 방송이 끝나도 귀가 본능을 방해하는 일당들이 있다. 바로 선배 프로듀서들과 베테랑 해설위원들이다. 농담 반, 진담 반으로 그들은 자주 후배 프로듀서들과 신참 캐스터들에게 원성의 대상이 되기도 한다. 앞서 말했듯이 중계방송을 마치고 나면 생방송에 대한 스트레스와 허기를 달랠 무언가를 간절히 느끼게 된다. 거기에 술 한 잔은 피해 가기 힘들다. 대개 이 맛을 아는 선배들이 분위기를 조성하고, 후배들은 못 이긴 척 따라간다.

물론 이런 자리를 통해 야구에 대한 눈도 트이고, 중계방송에 대한 기술적인 노하우도 얻을 수 있다. 하지만 오전부터 집을 나선 이들은 조금이라도 빨리 집으로 돌아가 쉬고 싶어 한다. 이래저래 수도권의 야구장에서 중계방송을 했다고 해도 귀가가 만만치 않기는 마찬가지다. 나 또한 경기가 끝나면 정신적으로나 육체적으로 힘들다. 그래도 웬만하면 뒤풀이 모임에는 참가해서 그날의 스트레스는 해소하고 집에 들어가려고 한다. 혼자 살고 있든, 가족이 있든 늦은 시간 불 꺼진 집 안에 들어가서 공허함을 위로 받을 수는 없으니까.

최근에는 코로나19 바이러스의 영향으로 내 일상도 달라졌다. 방송 이후 더 이상 뒤풀이를 할 수 없게 되었다. 그 늦은 시간 영업을 하는 식당도, 카페도 없다. 질병에 몸도, 마음도 얼어붙었다. 물리적 거리는 유지하더라도 심리적 거리는 멀어지지 않았으면 좋겠다. 세상 밖으로 나와 기승을 부리는 바이러스도 언젠가 제 집으로 돌아가듯 세상 어딘가로 들어가 소멸하는 날이 올 것이다.

5. 6시 30분을 향한 여정

"경기가 저녁 6시 30분 시작이면 근무 시간은 네다섯 시간 정도 되는 건가요?"

몇 년 전 누군가에게 이런 질문을 받은 적이 있다. 그 사람은 여느 프로그램의 진행자처럼 생방송 한 시간 전쯤 도착해서 끝날 때까지의 시간을 야구 캐스터의 근무 시간으로 계산한 것이다. 캐스터의 특성을 도외시한 단순한 계산에 나도 모르게 속에서 욱하고 무엇인가 뜨거운 것이 올라왔다. 그러다가 곧바로 냉정한 연기처럼 한 줄기 생각이 피어올랐다.

'아, 이 직업을 잘 모르는구나.'

그럴 수도 있겠다 싶었다. 대한민국에서 스포츠 중계방송 캐스터로 일하고 있는 사람이 과연 몇이나 될까? 지상파 방송국 소속, 스포츠 채널 소속, 프리 캐스터로 활동하는 사람까지 싹싹 긁어모으면 50~60명은 될까? 그 정도면 정말 몇 안 되는 특수직이라고 할 수 있다.

스포츠 종목마다 제각각 특성이 있다. 물리적 시간만 따져도 시작 시간, 경기 시간이 다르다. 프로야구는 평일 기준으로 저녁 6시 30분에 경기를 시작한다. 홈팀 기준으로 선수들(선발 투수 제외)의 출근 시간은 대략 2시 30분이다. 다 함께 모여 워밍업을 하고, 3시에서 3시 반 사이에 본격적인 타격 연습과 캐치볼을 시작한다. 이 시간에 중계방송진이 야구장에 출근한다. 감독과 인터뷰가 잡히면 더 이른 시간에 출근해야 한다. 구단의 분위기, 감독의 속마음을 듣기 위해서는 이른 점심 출근도 감수하게 된다.

홈팀의 타격 연습과 캐치볼이 시작되면 중계진은 홈플레이트 주변이나 더그아웃에서 선수들의 컨디션을 체크한다. 특이점이 보이면 감독, 코칭스태프에게 물어보기도 하고 선수들의 최근 컨디션이나 야구와 관련된 화젯거리(슬럼프에 대한 고민, 예전과 다른 타격폼, 징크스 등), 근황(이사, 2세 탄생 등) 등을 듣는다. 오늘 방송에서 공개할 수 없는 것들이 많지만, 선수를 더 깊이 이해할 수도 있고 나중에 인터뷰를 할 때나 방송에서 활용할 수도 있어 귀 담아 듣고 메모도 해놓는다.

4시쯤 되면 원정팀이 그라운드로 나와 웜업Warm-up을 시 작한다. 배팅케이지(연습 타격 할 때 홈플레이트 주변에 설 치하는 반원 모양의 철조망) 뒤에서 나를 부르는 선수와 코 치 들이 있다. "형님 어제 멘트 잘 들었어요" 혹은 "어제 멘트는 서운했어요" 하며 말을 건넨다. 진의가 있다기보 다 일종의 인사말 혹은 루틴, 징크스다. 홈팀과 마찬가지 로 원정팀과 만나고 나면 5시 30분 정도 된다.

경기를 앞두고 그라운드를 정비하는 한 시간. 말인즉 우리의 생방송도 한 시간이 남았다는 뜻이다. 이 시간엔 중계진도 무척 바쁘다. 이 시간까지 저녁식사를 때우지 못했으면 서둘러 먹어야 하고, 홈팀과 원정팀을 오가며 코칭스태프와 선수들을 취재한 내용 중 방송에서 쓸 수 있는 것들을 추려놓아야 한다. 마음은 급한데 챙길 것이 너무 많다. 오늘 경기의 선발로 출전하는 선수들 중 달성 이 가시권으로 들어온 기록, 양 팀의 최근 승패 기록, 어 제 경기 시간, 관중 수, 오늘 날씨 등등 그러다 보면 엔지 니어의 알람이 울린다.

"6시 10분입니다. 마이크 테스트 하겠습니다."

'아, 벌써 이 시간이 됐네? 오늘도 늦었다. 할 일이 더 있는데⋯⋯.'

매일매일 나는 이 스태프의 알람과 소리 없는 전쟁을 치르는데, 승패에서 너무 밀린다. 마이크 테스트 전에 완수해 놓겠다는 업무를 제대로 해놓는 경우가 드물다. 90퍼센트는 내가 진다. 제작진 입장에서도 생방송 10분 전이면 마이크 테스트를 미룰 수 없다. 이후에 나는 오프닝 멘트와 질문 등을 정리한다. 오프닝은 5시 전후로 미리 촬영을 해두는 경우도 조금씩 늘고 있긴 하지만, 그래도 절반 정도는 여전히 생방송으로 진행한다. 사실 그렇게 해야 중계방송을 시작하는 데 긴장감이 돌고 흥미도 배가된다. 모든 세포가 깨어나고 뇌 용량의 120퍼센트를 활용할 수 있을 것 같은 마음가짐이 된다고 해야 할까.

대개 스포츠 캐스터들이 그렇겠지만, 오프닝 멘트는 중계방송할 때 가장 고심을 많이 한다. 선수와 팀의 기록을 제외하고 스포츠 중계방송에서 미리 준비가 가능한 것은 오프닝이 유일하다. 경기가 어떤 방향으로 흘러갈지 모르기 때문에 사전에 준비해서 그 순간에 활용할 수 있는 것은 아무것도 없다. 프로듀서, 해설위원과 미리 논의를 해

보기도 하지만, 각본 없는 드라마는 단 한 번도 우리의 예상 각본대로 따라와 준 적이 없다.

오프닝은 내가 맡은 프로그램의 시작이다. 어떤 콘셉트로 시청자들을 오늘 경기에 끌어들일 것인가? 때론 감성적인 톤으로, 때론 이성적으로, 부드러운 말투로, 자극적인 표현으로 시청자들의 오감을 자극해서 오늘 경기의 의미와 가치를 부여한다. 일종의 호객 행위다. 이런 아이디어 못지않게 중요한 것이 오늘 오프닝의 톤이다. 경기 전의 긴장감을 대변할 수도 있고, 경기 예상을 이야기할 수도 있다. 사회적으로 큰 여파를 끼치는 뜻밖의 사고가 있었다면 침착하고 낮은 말투를 구사하되 너무 침통한 느낌이 들지 않도록 신경 쓴다.

오프닝 타이틀 음악이 흐르고 경기장의 전경이 보이고 양 팀의 매치업이 CG로 처리되면 이제 우리가 등판할 시간이다. 헤드셋 안으로 "스탠바이 큐!" 하는 프로듀서의 목소리가 들린다.

"그동안 이런 경기는 없었습니다. 정규시즌의 우승을 두고 단판 승부를 펼치는 1위 결정전이 이곳 대구 라이온즈 파크에서 진행됩니다. 위너 테이크스 잇 올Winner Takes it

All! 단판 승부 1위 결정전을 시작하겠습니다."(2021년 10월 31일, 삼성과 KT의 1위 결정전 오프닝 멘트)

6. 야구장에서 매일 벗는 남자들

대개 야구 시즌은 두꺼운 코트를 입고 시작해서 두꺼운 코트를 입고 끝난다. 봄에 시작해서 포스트시즌까지 마치면 늦가을이 되어 있다. 그새 재킷, 와이셔츠 차림으로 바뀌기도 하지만 봄에 시범 경기 때 입었던 코트를 가을에 다시 챙겨 입게 된다. 스프링캠프를 마치고 시범경기가 시작되는 시기는 3월이지만 그때도 추위가 만만찮다. 찬바람이 불면 중계부스에서 대여섯 시간 버티기 위해서 외투는 필수다.

그럼 그 외 기간 동안은 무엇을 입을까? 당연히 중계 유니폼이다. 야구 중계방송을 본 시청자들은 알겠지만 슈

트다. 그런데 정장 색깔이 좀 독특하다. TV 화면에 화사하게 나오는 색깔을 고르다 보니 일상에서 좀처럼 보기 힘든 색상이다. 금색, 은색, 하늘색, 밝은 회색, 녹색, 선홍색, 오렌지색, 심지어 스트라이프 무늬의 얼룩말 패션까지. 실제로 입고 다니면 어디서든 눈에 확 띌 패션이다.

우리 채널의 가장 최근까지 현장에 입고 다닌 유니폼 색상은 하늘색이었다. 모 항공사 승무원 복장과 같은 색깔이다. 심지어 KTX 승무원들도 같은 색이다. 역에서 얼마나 많은 고객님들(?)을 응대했는지 모른다. 어디 가는 기차를 타야 하는데 어디로 가야 하느냐, 언제 출발하느냐, 그럴 때마다 겸연쩍은 표정으로 승무원이 아님을 강조하지만 간단한 질문에도 응대를 못한다고 나무라는 고객을 늘 만났다.

그 전 중계복은 군청색 정장이었다. 여기에 넥타이까지 단정하게 매고 거울을 보면 내가 봐도 현장에서 고객을 안내하는 직원처럼 보인다. 미국에서 월드시리즈 중계방송을 하러 갔을 때 일이다. 중계석으로 가려는데 웬 여성 관중이 나를 보더니 여기서 일하냐고 말을 걸었다. 여기서 방송을 하고 있으니 일하고 있다고 했더니 식당이 어디냐고 재차 물어왔다. 나도 이 야구장은 처음이라 잘 모르겠다고 했더니 '아니 뭐 이런 기본적인 것도 모르는 직원이 있어' 하는 표정을 짓고는 사라졌다. 그 사람이 나를 야구장 내 구단 직원으로 착각한 것에서 빚어진 오해였다.

색상도 색상이지만, 정장 유니폼을 꺼리는 진짜 이유는 따로 있다. 바로 날씨 때문이다. 정장을 맞추는 시기는 대개 3월 이전이다. 유니폼은 추동복으로 제작된다. 때문에 5월 중순만 돼도 유니폼을 입고 오프닝을 하면 땀이 비 오듯 쏟아진다. 6~8월까지는 자연스럽게 재킷을 벗고 셔츠 바람으로 방송을 하게 된다. 그러나 장마철에 비 내리고 바람 불면 은근히 서늘해진다. 중계석의 세찬 에어컨 바람이 불어오면 중계복 없이는 버티기 힘들다. 그러니 중계복을 가지고 다니지 않을 수 없게 된다.

물론 한여름에는 셔츠 차림에 넥타이만 착용하고 있어도 보통 더운 것이 아니다. 특히 경기가 벌어지기 서너 시간 전에 그라운드에 내려가 이쪽 더그아웃, 저쪽 더그아웃을 오가면 자연스레 와이셔츠는 땀으로 범벅이 된다.

이렇게 되자 어느 순간부터 해설위원들이 기지를 발휘하기 시작했다. 중계복과 셔츠, 타이를 하지 않고 사복을 입고 야구장에 오기 시작했다. 그냥 편한 티셔츠와 캐주얼 바지나 골프 바지 혹은 트레이닝 바지까지 입고 나타난 것이다. 체격도 큰 데다 한여름에 정장 입고 이리 뛰고 저리 뛰다 보면 경기 전에 이미 셔츠는 땀으로 범벅이 되니 나름 고육지책으로 꺼내 든 해결책이다. 거기다 각도만 잘 맞추면 TV 화면에 하의는 나오지 않고 상의만 나온다는 사실을 포착한 것이다.

경기 전 양 팀 취재가 모두 끝나고 저녁 식사까지 마친 해설위원들은 여성 스태프가 없는 빈 중계부스를 찾는다. 옷을 갈아입으려는 것이다. 안타깝게도 야구장에는 방송 출연 스태프를 위한 탈의실이나 분장실이 없다. 3연전을 중계하려면 내일도 입어야 하기에 중계복과 정장을 그대로 중계부스에 놓고 퇴근하기도 한다. 도둑맞을 염려가 별로 없기 때문이다. 그 유니폼을 훔쳐 간다고 해도 평상복으로 입고 다니려면 대단한 용기가 필요할 테니까.

나는 오래전부터 야구장이나 농구장처럼 스포츠 경기가 벌어지는 현장은 선수들과 종사자들의 직장이라 생각하며 그 스포츠와 그들에 대한 존중으로 정장을 입고 다녔다. 그 때문인지 야구장에 와서 옷을 갈아입는 일이 영 어렵기만 하다. 유니폼 색깔이 독특하고 한여름 더위가 기승을 부려도 웬만하면 나는 이 옷을 입고 야구장에 간다. 오래된 유럽 성당이나 우리나라의 몇백 년 된 사찰에 발을 내딛는 것처럼 경건한 마음으로 경기장에 들어가고 싶기 때문이다. 전설로 남은 선수들의 발자취가 남아 있고, 이곳의 전광판에 자기 이름을 새기고 뛰는 것이 목표였지만 그 뜻을 이루지 못하고 선수 생활을 마감한 수많은 선수들에 대한 존중의 표현이라고 믿는다.

그래도 편한 게 편한 거다. 한 해설위원의 말처럼 좀 더 편하게 다가가려고 하는데, 그게 좀 어렵다.

무더웠던 여름날, 창원 구장에서 중계방송이 끝났다. 그날 경기의 해설위원은 정민철, 이종범 위원이었다. 마침 정민철 위원이 큰 승합차를 몰고 와 함께 서울로 올라가기로 했다. 경기가 끝나고 수훈선수 인터뷰까지 진행했다. 그 경기의 수훈선수는 선발 투수였다. 인터뷰 준비까지 시간이 좀 걸렸다. 나도 그날 경기의 기록과 해당 선수의 자료를 찾느라 정신이 없었다. 다행히 그 선수와의 인터뷰는 유쾌하면서 화기애애하게 마무리됐다.

"다들 수고 많으셨어요."

해설위원들에게 인사를 건네는데, 이종범 위원이 벌떡 일어나더니 "어여 내려와. 국밥 한 그릇 하고 출발하게" 하고 중계부스를 나선다. 복장을 보니 어느새 면티와 트레이닝복으로 바뀌어 있다. 선발 투수와의 인터뷰를 기다리던 그 짧은 시간에 옷을 갈아입은 것이다. 왜 이 사람이 '바람의 아들'이라고 불리는지 새삼 깨달았다.

7. 야구 시즌 내내
불을 끌 수 없었던 아나운서실

2016년부터 2019년까지 '엠스플2'라는 채널이 있었다. 당시 국내 스포츠뿐만 아니라 메이저리그까지 중계권을 갖고 있던 우리 회사에서 넘쳐 나는 콘텐츠를 소화하기 위해 개국한 두 번째 스포츠 채널이었다. K-리그 축구부터 E스포츠까지 다양한 종목들을 아우르는, 지상파 방송사로는 처음으로 '스포츠 세컨 채널'이었다.

이 채널이 개국된 것은 다름 아닌 코리언 메이저리거들의 맹활약 덕분이었다. 터줏대감 추신수(시애틀 매리너스 2005~2006, 클리블랜드 인디언스 2006~2012, 신시내티 레즈 2013, 텍사스 레인저스 2014~2020)를 비롯해 류현

진(LA 다저스 2013~2019, 토론토 블루제이스 2020~), 강
정호(피츠버그 파이어리츠 2015~2019), 박병호(미네소타
트윈스 2016), 김현수(볼티모어 오리올스 2016~2017), 오
승환(세인트루이스 카디널스 2016~2017, 토론토 블루제이
스 2018, 콜로라도 로키스 2018~2019), 이대호(시애틀 매
리너스 2016), 황재균(샌프란시스코 자이언츠 2017), 여기
에 최지만(LA 에인절스 2016, 뉴욕 양키스 2017, 밀워키 브
루어스 2018, 템파베이 레이스 2018~)까지 코리언 메이저
리거들이 그 어느 때보다 늘어났다. 모든 선수들의 경기
모습을 보고 싶어 한 팬들의 바람을 충족해 주기 위해서
는 2채널을 개국할 수밖에 없었다.

　매일 경기에 출전하는 추신수, 5~6일에 한 번씩 선발
투수로 등판하며 한국인 투수의 가능성을 보여준 류현진,
KBO 타자가 통할까 하는 의구심을 날려버린 피츠버그
강정호와 함께 미네소타의 박병호, 볼티모어의 김현수,
샌프란시스코의 황재균, 일본에서 뛰던 최고의 투수와 타
자 오승환, 이대호까지 그야말로 메이저리그에서 '코리
언 인베이전Korean Invasions'이 벌어졌다. 이들의 활약을 모두
보여주고 싶었지만 현실적으로 모든 경기를 중계할 순 없
었다. 채널도 두 개뿐이었고 같은 시간대에 벌어지는 경

기를 생방송으로 보여주는 것도 한계가 있었다. 무엇보다 모든 선수들이 매일 출전하는 주전 선수들이 아니다 보니 방송을 준비했다가 다른 경기로 대체되는 경우도 빈번하게 벌어졌다.

류현진 선수 덕에 인기를 얻은 다저스는 그가 출전하지 않는 경기도 시청률이 높게 나왔고 강정호와 추신수 선수가 주전으로 매일 출전하는 피츠버그와 텍사스 경기는 편성에서 뺄 수가 없었다. 여기에 박병호 선수의 미네소타와 이대호 선수의 시애틀까지 상대 예상 선발 투수까지 봐가며 편성을 잡았다. 세인트루이스 경기도 이기고 있으면 마무리 투수인 오승환 선수가 출전할 가능성이 있어 뺄 수가 없었다. 어느 선수의 어느 팀의 경기를 쉽게 제외할 수 없었다. 하지만 사람이 하는 일이다 보니 생방송으로 편성되지 않은 경기에서 우리 선수들이 좋은 활약을 하면 시청자 게시판이 난리가 났다.

고심 끝에 MBC는 지상파 채널에서 매주 토요일 오전 네 시간을 'MLB LIVE 2016'이라는 프로그램에 할애했다. 주로 아침 8, 9, 11시에 시작하는 우리 선수들의 경기를 순차적으로 생방송하는 프로그램이었다. 운 좋게도 내가 진행을 맡았다. 최소 네 경기에, 라인업만 여덟 개, 선수들만 해도 90명 가까이 되는 정보와 뉴스를 체크해야 했다.

화요일, 수요일, 목요일 주중에 KBO 프로야구 3연전을 진행하고 금요일 하루 준비하고 토요일 오전에는 생방송 네 시간을 진행했으니 만만찮은 일정이었다. 그런데 이 일정을 소화하는 것보다 더 힘들었던 것은 야구 관련 프로그램에 아나운서를 배정하는 일이었다. 채널 두 개에 한 주간 메이저리그 평균 스물다섯 경기, KBO 프로야구 여섯 경기, '메이저리그 투나잇'과 '베이스볼 투나잇' 진행과 하이라이트 더빙, 사이드라인 리포팅까지 이 많은 업무에 아나운서들을 배정해야 방송이 돌았다.

이 업무에 배정될 아나운서들은 스물다섯 명이나 될 정도였다. 아나운서실에 앉아 있으면 오전 7시 방송을 담당하는 아나운서들과 해설위원, 기록원이 6시 전부터 하나둘 들어온다. 그들이 방송 준비에 여념이 없는 사이 출근한 8시 방송팀과 인사를 주고받는다. 7시 팀이 스튜디오로 이동하고, 8시 팀이 방송 준비를 하는 사이 9시 팀과 11시 팀이 차례대로 도착한다. 오전 11시가 되면 스튜디오로 들어갔던 팀들이 차례대로 아나운서실로 돌아온다. 그리고 곧장 허기진 배를 채우러 나간다. 11시 팀이 스튜디오에서 돌아오면 오후 2시쯤 된다. 그때가 되면 메이저리그 하이라이트 생방송을 위한 아나운서들이 출근해서 방송을 준비한다. 이 시간쯤 KBO 프로야구를 담당하는 중계방송 캐스터나 그라운드 리포터들은 야구장을 향하고, 3시가 되면 '베이스볼 투나잇'을 담당하는 아나운서들이 출근한다. 오후 5시 30분부터 메이저리그 하이라이트 프로그램이 생방송되고 6시 30분부터는 KBO 프로야구 생방송이 시작된다. 그리고 야구가 끝나면 '베이스볼 투나잇', '메이저리그 투나잇'으로 이어져 모든 생방송이 끝나면 새벽 1시쯤 된다. 그럼 새벽 2시(MLB는 우리 시간 기준으로 금요일, 일요일, 월요일에 경기가 진행된다) 메이저리그 중계방송팀이 출근한다. 새벽 3시 팀과 5시 팀도 차례대로 들어온다. 아나운서실은 사람들만 바뀔 뿐 불이 꺼지지 않았다.

'열심히 달려온 우리의 낮과 밤이 시청자들에게 잘 전달됐기를 바라면서 시즌 마지막 날 아나운서실 불을 끄고 나갑니다.'

시즌 마지막 날, 아나운서 단톡방에 이런 글을 올렸던 기억이 난다.

시간을 맞춰서 회식이라도 한번 하려고 해도 한꺼번에

다 같이 볼 순 없었다. 그래도 스무 명 남짓이 모인, 제법 규모 있는 회식이 되었다. 반가움으로 시작해서 고민, 미래에 대한 불안까지 술자리에 쌓여갔다. 물론 이 회식 자리는 늘 1차에서 끝나지 않았다.

이젠 메이저리그 중계권도 다른 방송사로 넘어갔고, 채널2도 사라지고, 수많은 아나운서, 해설위원, 기록원, 프로듀서 들도 떠났다. 메이저리그와 KBO 야구의 시즌이 끝날 때까지 정신없이 돌아가던 아나운서실이 그 시절처럼 북새통을 이루는 날이 다시 올까? 그 시절, 인연을 맺었던 그 사람들을 어디에선가 다른 모습으로 만날 수 있기를 꿈꿔 본다.

8. 까까머리 선수들과
신참 캐스터의 희망이 커가던 그곳

1년에 한두 번씩 안경을 정비하거나 새 안경을 맞추러 동
대문에 간다. 10년도 넘은 단골 안경원이 이곳에 있다.
아내와 딸도 함께 가는데, 두 사람은 갈 때마다 영 마뜩잖
은 눈치다.

"예전에 여기 만둣집이 있었고 여기 골목을 돌면 짜장면
집이 있었는데 진짜 그 집 짜장면 맛이 끝내 줬다니까."

이미 귀가 닳도록 들었다는 듯 아내는 대꾸조차 없고,
딸아이도 별다른 반응이 없다. 늘 이곳을 회상하는 말은
나의 넋두리에 지나지 않는다. 사실 맞다. 보지도 못했던
만둣집이나 중국음식점이 사라졌는데 무슨 의미가 있을

까? 예전에 이곳에 야구장이 있었고, 이곳에서 아빠와 남편이 파릇파릇한 젊음을 보냈다는 사실이 두 사람에게 얼마나 와닿을까? 야구장마저 형체도 없이 사라진 마당에 말이다.

1997년 봄부터 뻔질나게 동대문을 드나들었다. 방송사 초보 아나운서가 되어 프로야구 중계방송은 언감생심 꿈도 꿀 수 없던 시절, 나는 동기 아나운서 셋과 아마추어 야구 경기가 벌어지는 동대문야구장과 아마추어 축구 경기가 벌어지는 효창운동장을 제 집처럼 드나들고 있다. 중계는 물론 선배 캐스터들의 몫이었다. 우리는 그저 속칭 '가방 모찌'鞄持(일본말로 가방을 들고 따라다니며 시중을 드는 사람을 뜻함) 역할만 했다. 하지만 단순히 가방만 들고 다닌 건 아니었다. 경기 전 양 팀 감독과 선수들을 만나 취재하고 선발 라인업을 확인하고 대회 기록을 받아 기록지에 알아보기 쉽게 정자로 기재해서 선배들에게 전달했다. 경기 도중에도 민완 기자 못지않게 중계석과 기록석, 양 팀 더그아웃을 뛰어다니며 새로운 정보와 뉴스를 정리해서 중계석으로 메모를 쏙 들이밀었다.

동기 중 한 명이 축구로 마음을 정한 이후, 나를 포함한 나머지 셋은 거의 매일 동대문야구장으로 출근했다. 혹시 이 과정을 성실하게 밟아나가면 선배 캐스터가 화장실을 가게 될 때 한두 이닝 정도 방송을 맡겨주지 않을까 싶은 기대도 있었다. 동기 사이에도 암묵 중에 경쟁이 있을 만큼 치열했다. 하지만 우리에게 아마추어 중계방송이 맡겨진 건 그로부터 1년이 지나서였다. 그동안 선배들의 방송 자료를 준비했던 과정이 얼마나 큰 자산이 되었는지 새삼 깨닫게 되었다.

선배들은 우리를 잘 챙겨주었다. 보조 역할에 그쳤지만 방송이 끝나고 나면 주린 배를 채울 수 있는 맛집으로 데려갔다. 경기 전에는 여유가 없어 야구장 부근 식당에서 점심을 해결했다. 길 건너 '광희집'이란 음식점이 생각난다. 이곳에서 주로 설렁탕을 먹었는데, 재미있는 추억이 있다. 이곳은 지형적 특성상 동대문야구장을 찾는 이들의 구내식당과도 같은 곳이었다.

그곳의 설렁탕은 우리 신참내기 아나운서들만 먹는 것이 아니었다. 그 음식점에는 늘 지방에서 올라온 앳된 까까머리 야구 선수들이 잔뜩 들어차 있었다. 그들은 짧게는 오늘 아침 집에서 출발한 서울, 인천 지역의 선수들부터 머무른 지 며칠씩 된 대전, 대구, 광주, 부산, 마산에서 올라온 선수들까지 그득그득했다. 그 광희집 안에서 나는 과거와 현재 프로야구 선수로 활약한 수많은 선수들과 함께 설렁탕을 먹었을 것이다. 나이도 다르고, 처지도 달랐지만, 야구라는 스포츠에 앞날을 걸었다는 점에서 왠지 모를 진한 동질감이 느껴졌다.

재미있는 광경은 경기가 끝나고 벌어졌다. 그날 경기에서 진 팀은 다시 광희집에서 설렁탕을 말아먹고 고향으로 내려갔다. 반면 이긴 팀은 광희집이 있는 건물 2층에 있는 중국음식점에서 회식을 누렸다. 아무래도 어린 선수들에게는 짜장면, 짬뽕, 탕수육이 더 먹고 싶은 음식이었나 보다.

우리도 방송이 끝나면 고깃집이나 중국음식점을 찾았다. 우리는 경기를 이긴 건 아니었지만, 막내들이 고생한다며 중계방송을 담당한 선배가 배려해서 한턱내는 자리였다. 점심을 대충 때우는 경우가 많았고, 경기가 끝날 때까지 긴장한 채 운동장 여기저기를 돌아다닌 탓에 늦은 저녁이 되면 배 속에 감각이 무뎌지기도 했다.

특히 자취생활을 하고 있던 나에게 동대문의 저녁은 음식다운 음식을 만나는 소중한 시간이었다. 먹음직스럽게 나온 중국요리 혹은 알맞게 구워져 육즙 가득한 고기가 배고픈 신참 아나운서들의 미각을 자극했던 곳. 지금은 내세울 것 없는 신출내기 아나운서이지만, 언젠가 야구 중계방송을 하게 될 거란 희망을 하루하루 쌓아가던 곳. 나에게 동대문야구장은 이런 곳이다.

인하대 유망주 서재응과 뉴욕 메츠 감독 바비 밸런타인을 만나 인터뷰하던 곳. 신일고의 봉중근·안치용·김광삼·현재윤 까까머리들이 3관왕의 업적을 이루어 낸 곳, 포스코 야구단과 한국전력 야구단의 마지막 실업리그 경기를 중계했던 곳, 덕수상고 류제국과 진흥고 김진우의 맞대결을 바라봤던 곳, 동성고의 신성 한기주가 150킬로미터의 빠른 공으로 상대 타자들을 탈탈 털었던 곳, 성남고의 박병호가 고교 선수 처음으로 4타석 연속 홈런을 때려냈던 곳, 진흥고 정영일과 경남고 이상화-이재곤 2 대 1 매치로 연장 16회까지 이어진 승부를 네 시간 넘게 중계했던 곳. 2007년 고교야구 서울 지역예선 대회로 동대문의 고별 경기를 방송했던 곳, 프로에 진출하지 못하고 사라진 수많은 선수들과 스타들이 야구 선수로서 별의 순간을 보냈던 곳. 그런 추억을 내게 안겨준 곳이 바로 동대문야구장이다.

수많은 대한민국의 야구 스타들이 이곳, 동대문야구장

에서 성장했다. 1997년부터 2007년까지 꾸준히 드나들었던 내 마음의 고향 동대문야구장은 이제 존재하지 않는다. 그 자리에는 마치 우주에서 내려온 듯한 건축물이 우뚝 서 있다. 그러고 보니 그 당시를 함께했던 선후배 동료 캐스터, 해설위원, 스태프 들도 자주 보지 못한다. 우리들의 시간은 마치 2007년 동대문야구장 속에 멈춰 있는 기분이다.

언젠가 그곳에 돔구장이 만들어지면 서울의 또 다른 명물이 되지 않을까 하는 엉뚱한 상상을 해본다. 고척 돔구장보다 더 계획적으로, 체계적으로 짓고 서울을 연고로 하는 프로야구팀의 홈구장이 된다면 올드 야구팬들의 열광적인 인기와 지지를 받고, 야구팬들이 사랑하는 곳이 될 텐데. 그곳에서 예전 함께했던 사람들을 만나 추억을 돌이킬 수 있다면 얼마나 좋을까?

"야구 원로 풍규명 선생께서 동대문야구장 강우 콜드게임 기준을 얘기하신 적이 있어요. 비가 와서 남산타워가 안 보이면 오늘 경기는 할 수 없으니 강우 콜드게임을 선언해야 한다고요. 오늘 경기는 어렵겠네요."

이런 이야기를 이제는 다시 들을 수는 없을 거다.

3장.
말 한마디에 죽고 사는
현장 이야기꾼

1. 퍼펙트 게임만큼이나 어려운
퍼펙트 중계

2021년 시즌을 앞두고 최주환 선수가 SK와 FA 계약을 맺었다는 뉴스가 있고 나서 후배에게 메시지가 왔다. 핸드폰에는 '한명재는 실수를 한 것이 아니고 미래를 내다본 것'이라는 야구팬의 멘션이 담겨 있었다. 무슨 말인가 싶어 봤더니 "애새끼" 발언으로 유명한 2017년 7월 5일 KIA 대 SK 경기를 중계방송하던 도중 재역전 3타점 적시타를 친 나주환 선수를 내가 최주환이라고 잘못 말한 것은 실수가 아니라 미래를 내다본 예언이었다는 이야기다. 최주환 선수가 SK와 계약하게 될 거라는 대예언을 그날 경기에서 내가 했다는 야구팬들의 우스갯소리다.

그날 그 발언은 변명의 여지 없는 나의 실수였지만, 나는 그 순간에도, 주변 사람들에게 그 실수에 대해 듣기 전까지도 내가 무슨 말을 했는지 알아차리지 못했다. 설마 내가 정신이 나간 것도 아니고, 두산에 멀쩡히 있는 선수를 SK의 나주환 선수와 헷갈리는 것이 가당키나 한가? 동영상으로 확인하고 나서야 흥분이 얼마나 위험한 것인지 다시 한번 깨달았다.

그뿐인가. 결정적인 두산의 2015년 우승 당시 2014, 2015년 챔피언이라고 소개하는 바람에 졸지에 두산을 2년 연속 우승팀으로 만들고 말았다. 주변 두산 팬들은 좋은 말씀 잘 들었다며 유쾌한 이야깃거리로 여기지만, 일반 야구팬들, 특히 2014년 우승 주인인 삼성 팬들에게 심심찮게 욕을 먹었다. 2016년에도 두산이 우승을 차지했으니 2년 연속 우승을 내다봤다는 얘기를 해주신 팬들도 있었다.

실수가 맞다. 굉장히 흥분했거나 긴장한 상황에서 한순간에 터져 나온 돌이킬 수 없는 실수들이다. 요새는 유튜브가 있어 아마도 오래오래 남아서 인터넷을 돌아다닐 것이다. 그럼 흥분하고 긴장했을 때만 실수를 할까? 전혀 아니다. 실수는 언제든 중계부스 주변을 맴돌다가 손쓸

수 없는 사이 바이러스처럼 터져 나온다.

"타구 오른쪽에 높게 떴습니다, 좌익수 잡아냅니다."
(무슨 오른쪽에서 좌익수가 타구를 잡아?)

"볼카운트 투 볼 원 스트라이크, 투수 4구 던집니다. 스윙 삼진!"(요새는 투 스트라이크이면 삼진인가?)

이 외에도 실수들은 넘쳐난다.

"유격수 잡아서 1루로 아웃됩니다. 쓰리 아웃. 이제 3회 말로 가겠습니다. 여기는 잠실입니다."

엇, 그런데 선수들이 더그아웃으로 들어가지 않고 그라운드에 남아 있다. 이닝 클로징 음악도 울리지 않고. 뭐지? 해설위원이 손가락 두 개를 펴 보이고 담당 프로듀서는 우리와 연결된 토크백으로 "투 아웃, 투 아웃"을 황급히 외친다. 이럴 때는 이실직고가 상책이다.

"죄송합니다, 제가 아웃 카운트를 착각했네요, 이제 투 아웃입니다."

방송 내내 찜찜해지는 순간이다.

"삼진! ○○○ 투수 마지막 타자를 삼진으로 잡아내면서 삼자범퇴로 이닝을 마무리합니다."

빰빰빰빰 빠암빠암 빰빰 바암(이닝 하이라이트 타이틀 음악). 앗, 아까 첫 타자 볼넷으로 1루 나갔다가 도루 실패 했는데……

그런데 삼자범퇴라고 말하고 말았다. 실수다. 실수에 대한 사과를 할 겨를도 없이 광고로 이어진다. 광고에서 돌아오면, 큰 상황이 없으면 바로 사과한다.

"마지막 ○○○ 투수의 삼진이 너무 인상적이어서 삼 자범퇴라고 말씀드렸는데 첫 타자가 볼넷 출루했었죠, 사 과드립니다."

예전보다 방송 분위기가 많이 부드러워지고 시청자들도 잘 이해해 줘서 비교적 큰 문제 없이 넘어가고 있다. 그러나 실수는 분명 실수다. 없어야 맞다. 최소한 줄여야 한다. 항상 이런 마음은 가지고 있지만 오늘도 어김없이 실수를 저지르고 만다. 단 한 명의 타자도 1루를 밟지 못 하게 만드는 완벽한 경기, 퍼펙트게임. 아직 KBO 리그에 서 어느 누구도 세우지 못했을 만큼 어려운 기록인데, 투 수와 포수처럼 조합을 이루는 캐스터와 해설위원의 중계 방송에서도 단 한 번 실수 없이 그날 경기를 마무리 짓는 건 대단한 일이다.

선수의 포지션을 잘못 말한다거나, 타구 방향을 잘못 이야기하는 건 애교 수준이다. 의외의 순간에서 정말 뜻밖의 실수를 저지른다. 그중 하나가 해설위원의 이름을 까먹는 실수다. 처음 호흡을 맞춰보는 해설위원이면 그럴 수도 있겠다 싶지만, 대개는 오랫동안 방송을 함께 해온 사람의 이름이 갑자기 기억나지 않는다. 이런 황당한 실수를 캐스터라면 누구나 한 번씩 경험한다. 나도 예외는 아니었다.

2000년대에 메이저리그 포스트시즌을 중계방송할 때였다. 그날따라 경기도 드라마틱하게 흥미진진하고, 멘트도 술술 잘 나오고, 예상한 기록도 달성되는 등 방송의 모든 요소가 착착 들어맞았다. 물론 해설위원과의 호흡도 찰떡이었다. 사실 이런 방송 분위기는 1년에 열 번 나올까 말까 한다. 시간 가는 줄 모르고 신나게 방송을 하고 이제 마무리만 잘 지으면 됐다. 컨디션이 좋은 날엔 무얼 해도 잘된다. 스튜디오에서 오늘의 경기를 정리하고 승부처를 짚어준 다음 내일 경기를 예고했다. 드디어 클로징 인사만 남았다.

"오늘 ○○○가 승리하면서 리그 챔피언십 시리즈의 유리한 고지를 선점합니다. 저희는 내일 다시 찾아뵙겠습니다. 해설에……."(연도, 팀명 등은 정확히 기억하지 않는다.)

이게 무슨? 말도 안 되는 일인가? 아니 4년 넘게 손발을 맞춰온 해설위원의 이름이, 한 걸음도 안 되는 바로 옆에 있는 이 사람의 이름이 떠오르질 않았다. 더구나 이 사람은 나의 첫 번째 파트너이자 그 당시 유일한 파트너이기도 했다. 그는 바로 이종률 해설위원. 나 못지않게 당황한 얼굴빛이다. 이종률 위원은 메이저리그에 대한 지식이 전무했던 나에게 선생님과 같은 존재였다. 4년 넘게 숙식을 함께했던 이 사람의 이름이 왜 생각나지 않는 걸까?

억겁 같은 어색한 침묵이 흐르고 안 되겠다 싶어 멘트를 이어갔다.

"해설에…… 해설에(이럴 땐 의외로 솔직한 것이 최고의 해결책이다) 죄송합니다. 제가 해설위원의 이름을 잊었네요."

"저요? 저는 이종률입니다."

번뜩이는 종률이 형의 재치 덕에 무사히(?) 방송을 마칠 수 있었다. 그 이후 나는 기록지에 해설위원의 이름을 써놓는 버릇이 생겼다. 그러나 당황하고 사고가 터지려면 매직으로 크게 적어놔도 못 찾는다. 실수는 아무도 생각지 못한 상황에서 터져 나온다.

2017년 7월 5일, 나의 대표적인 말실수를 낳은 경기가 인천 SK행복드림 구장에서 펼쳐졌다. KIA 대 SK의 경기, 큰 기대로 많은 관중들이 모인 경기였는데 초반부터 SK가 네 개의 홈런을 때려내면서 12 대 1로 멀찌감치 앞서 갔다. 사실 홈런도 많이 나오고 경기 점수 차가 벌어지면 관중뿐 아니라 중계진도 많이 지친다. 점수가 많이 나오면 그만큼 많은 득점 상황을 계속해서 설명해야 하고, 중계가 지루해지지 않게 하려면 야구팬들의 눈과 귀를 이끌 과거와 현재를 아우르는 다양한 이야기와 정보를 전달해야 한다.

그런데 그럴 개인기를 꺼낼 틈도 없이 경기는 드라마 대본을 써나가고 있었다. KIA가 야금야금 따라가더니 5회 초 최형우의 2점 홈런, 이범호의 3점 홈런, 이명기의 2점 홈런, 버나디나의 2점 홈런까지 한 이닝에 12점을 몰아내면서 경기를 뒤집었다. 13대 12로 역전을 하면서 경기는 이미 '역대급' 경기가 됐다. 실제로 이 경기는 당시까지 열두 타자 연속 출루, 열한 타자 연속 안타, 열두 타자 연속 득점, 11점 차 역전, 17득점 패배라는 역대급 경기로 KBO 기록집에 남아 있다. 역전의 기세를 탄 KIA는 2점을 더 추가해 15-12까지 앞서갔다.

대개 이런 경기는 역전한 팀이 승리를 가져가며 끝나는

경우가 다반사이다. 더구나 1-12에서 15-12까지 역전을 한 탓에 나를 비롯한 중계진은 7회가 끝나기도 전에 모두 방전된 상태였다. 그런데 8회말 SK가 다시 매섭게 공격을 시작했다. 역전을 당하면서 패색이 짙었던 SK는 3점 차 뒤진 8회말 무사 1, 2루 찬스를 잡게 된다. 타석에는 이 재원, 투수는 당시 KIA 불펜에서 가장 위력적인 공을 던지던 김윤동이었다.

"석 점을 뒤지고 있는 SK 8회말, 무사에 주자 1,2루."

(선두타자 정의윤의 안타, 한동민의 볼넷으로 출루. 불안한 예감은 틀린 적이 없는데······.)

"타석에 이재원, 1구부터."(바뀐 투수는 김윤동이라고 말할 겨를도 없었다.)

"좌중간아아안······."(우와 너무 잘 맞았다, 넘어가면 동점 쓰리런 홈런인데, 홈런인가?)

"높게 멀리 이 타구가아······."(공이 안 떨어진다. 애매하다.)

"원바운드로 담장을 때립니다."(우아, 죽겠다. 목소리가 안 나온다. 완전 방전이다.)

"주자 두 명 나란히 홈으로"(목소리는 이미 '삑사리'를 연발한다.)

"볼 연결! 볼 연결됩니다!(가장 긴박한 상황인데……)

"홈에서 세이프입니다. 이제는 한 점차 15-14!"(우아 징그럽다, 이걸 따라가네.)

"애새끼가……(정적) 에스케이가(뭐라고 한 거야? 아무도 못 들었겠지? 설마 욕으로야 들렸겠어?) 따라가고 있습니다.(경기는 가장 뜨거운 순간인데 왜 나는 머리가 하얘지지?)"

KIA의 마무리 임창용이 올라와 나주환에게 싹쓸이 역전 3타점 적시타에 폭투까지 허용하며 18-15가 된 다음에서야 SK의 공격은 멈추었다. 이때도 나주환을 최주환으로 둔갑시켜서 중계했다는 사실을 추후에 알았다. 그만큼 정신이 없었다. 그런데 여기서 끝이 아니었다. 다시 9회 초 KIA의 나지완이 추격의 2점 홈런을 뽑아내며 18-17까지 따라갔다. 9회초에 끝난 경기는 장장 4시간 17분이나 이어졌다. 마지막 아웃 카운트가 나온 이후에도 넉다운이 된 나는 중계석에 한참을 앉아 있었다.

초여름 무더운 날씨에 더위를 먹은 것인지, 명승부의 여파로 과도하게 흥분한 것인지, 긴 중계방송에 정신 줄을 놓은 것인지 모르겠지만, 일생일대에 최고의 사고를 쳤다. 그 이후에 SK의 별칭 중 하나가 '애새끼'가 됐다는 얘기를 들었다. 본의 아닌 실수로 SK 구단에 마음의 짐이 있었는데, 2021년 SK 야구단이 SSG로 인수되면서 그나마 마음이 가벼워졌다. 하지만 이 지면을 빌려 SK 관계자와 팬들에게 사과드린다. 몇 년 전 중계방송이긴 하지만, 전혀 사악한 의도가 없었다는 점을 다시 한번 밝히고 싶다.

캐스터와 해설위원을 힘들게 하는 복병은 선수들의 이름이다. 예전 메이저리그를 중계방송할 때 LA 에인절스에 마무리 투수 트로이 퍼시벌Troy Percival이라는 선수가 있었다. 한번은 거의 다 이긴 경기에서 그 투수가 리드를 날려서 연장전까지 이어지고 말았다.

"아, 동점 홈런을 허용하는 에인절스의 마무리 투수 퍼씨벌입니다."

사실 이 선수 이름의 현지 발음은 '퍼씨벌'에 가깝다. 블론 세이브(앞서던 팀의 승리가 동점이나 역전으로 날아간 상황)를 만든 마무리 투수에 대한 아쉬움보다는 경기가 연장전으로 흘러간다는 짜증이 더 크게 남은 심정이 나도 모르게 발음에 담긴 모양새가 되고 말았다.

예전 한화 이글스의 외국인 타자 중에 루 클리어Lou Collier라는 선수가 있었다. 메이저리그 중계를 했던 나는 이 선수를 언급하기가 참 난감했다. 메이저리그를 중계할 때

클리어가 아닌 '꼴리에'라고 발음했기 때문이다. 아버지가 프랑스 출신이어서 미국 현지 중계진도 "꼴리에"로 불렀다. 본인도 꼴리에라는 발음이 맞다고 인정했는데, 이상한 발음 때문에 그랬는지 한화 구단에서 베이스에 있는 주자를 청소하듯 다 홈으로 깨끗하게 불러들이자는 의미로 발음을 바꿨단다.

클리어보다 더한 선수도 있었다. KIA의 외국인 선수 중 스캇이라는 이름으로 등록한 투수가 있다. 이 선수의 원래 이름은 스캇 시볼Scott Seabol이다. 사실 성이 "시발"에 가깝다 보니 구단이 고민 끝에 욕설로 들리는 시볼이 아닌, 스캇으로 등록했다.

돌이켜 보면 참으로 말도 안 되는 실수들을 저질렀고, 애석하지만 앞으로도 그럴 것 같다. 하지만 어떤 핑계도 대고 싶지 않다. 왜 그런 실수들을 했는지 일일이 변명하는 것도 의미 없는 짓이다. 방송인에게 말실수는 잘못된 행동이다. 차라리 부끄럽지만 솔직하게 사과하는 편이 낫다. 중계방송을 한 지도 20년이 넘었건만, 언제쯤이면 찜찜하고 불안한 마음 없이 방송을 마치고 헤드셋을 내려놓을 수 있을까?

2. 경이로운 데뷔 방송

'큐시트'라는 것이 있다. 방송의 진행 도표를 말한다. 약속된 순서표라고 할 수 있는데, 스튜디오 진행물이나 뉴스에서는 굉장히 중요한 역할을 한다. 경력을 쌓은 지금이야 웬만한 큰 방송이 아니면 제작진과 상의하면서 큐시트를 숙지하지만, 신인 때는 그럴 생각조차 하지 못했다. 그런 미숙함이 생방송에서 얼마나 큰 사고를 불러오는지 뼈저리게 경험한 순간이 있었다.

그날은 정경배 선수가 한 경기에서 만루 홈런을 두 개나 때려내며 8타점을 기록한 경기가 벌어진 날이기도 했다. 많은 야구팬들이 박찬호 선수가 허용한 페르난도 타티스(현재 그의 아들인 주니어는 김하성 선수와 샌디에이고 파드레스 팀에서 함께 뛰고 있다)의 한 이닝 두 개의 만루 홈런과도 많이 헷갈려 하는 기록이기도 하다.

1997년 5월 4일 일요일, 그날의 스포츠뉴스는 내가 입사 후 처음으로 받은 업무이자, 방송 데뷔전이었다. 잊을 수도 없는 그날, 그 프로그램에서 나는 첫 방송 사고를 저질렀다. 함께 입사한 세 명의 동기들보다 가장 늦게 데뷔전을 치른 것도 어쩌면 그런 덤벙대는 모습을 선배들이 걱정한 탓인지도 모른다.

스포츠뉴스팀에서 큐시트와 기사를 받아 꼼꼼하게 읽고 나름 배운 대로 방송 말투와 문체로 바꾸고 분장실에 내려가 메이크업도 받고 다시 사무실로 올라왔다. 보통 주말 경기가 일찍 시작해 생방송이 아닌 녹화방송으로 제작할 수도 있다는 뉴스팀 프로듀서 선배의 귀띔을 듣고 조금은 여유를 찾고 있었다. 내심 녹화방송으로 갈 수 있다는 사실에 아쉬워할 만큼 의욕이 충만한 상태였다. 그런데 야구 경기가 길어지면서 스포츠뉴스는 생방송을 하기로 결정됐다. 패기 넘치던 마음은 순식간에 긴장되고 점점 급해졌다.

'오케이! 이왕 하는 거 생방송으로 데뷔전을 치르자.'

마음을 굳게 먹었다. 나는 앵커석에 앉아 뉴스 시그널을 듣고 있었다. 얼마나 반복해서 읽었는지 멘트는 술술 외울 정도였고, 기사 내용을 프린트로 뽑아놓은 용지는 너덜너덜할 지경이었다. 시그널 후 광고가 나가고 프로듀서 선배의 목소리가 인이어 이어폰in-ear earphone(중계부스와 부조정실을 연결해 주는 소형 장치로 귀에 착용할 수 있다)을 통해 들어 왔다.

"자, 긴장하지 말고 하던 대로 해, 명재 씨."

사내 거의 모든 선배들이 갓 입사한 햇병아리 아나운서들을 위해 두 달 넘는 시간을 들여 가르쳐 왔다. 나를 제외한 세 동기는 모두 무사히 데뷔전을 치렀다. 이제 나만 스포츠뉴스를 잘 진행하면 우리 동기들도 나름 결실을 맺게 된다. 그 사실을 떠올리며 애써 자신감을 끌어올린 것인지 내 목소리에도 힘이 들어가 있었다.

"네, 알겠습니다. 걱정 마세요."

"자 이제 마지막 씨엠이에요, 스탠바이…… 큐!"

"안녕하십니까? 5월 4일 스포츠센터입니다. 삼성의 정경배 선수가 한 경기에서 만루 홈런 두 개를 때려내며 팀을 승리로 이끌었습니다. 보도에 이효봉 기잡니다."

출발이 깔끔하다. 나쁘지 않았다. 시작이 반이라더니,

첫 보도에 너무 자만했던 것일까? 다음 순서는 프로야구 타구장 결과 리포트였다. 큐시트에도 분명 그렇게 나와 있었다. 프로듀서 또한 그 리포트를 준비하고 있었다. "어깨걸이"라고 부르는, 앵커 뒤 컴퓨터그래픽 화면에도 '타구장 소식'이라는 문구가 친절하게 나와 있었다. 그런 화면을 배경 삼아 나는 당당하게 입을 열고 말했다.

"계속해서 프로축구 소식입니다. 울산 현대의 김종건 선수가 오늘 쐐기 골을 성공시키며 팀을 승리로 견인했습니다. 프로축구 소식을……."

"아니야, 축구 아니고, 프로야구 타구장 소식이야!"

인이어 이어폰으로 당황한 프로듀서 선배의 목소리가 울려 퍼졌다.

"프로축구 소식은 잠시 후에 전해 드리고, 먼저 프로야구 타구장 소식 전해드리겠습니다.(여기서 번득이는 뻔뻔함) 보도에 이효봉 기잡니다."

조금 전 리포팅한 기자를 타구장 소식에 다시 부르고 말았다. 리포트가 나가는 1분 30초 동안 인이어 이어폰에서는 참으로 다양한 욕지거리가 쏟아졌다. 10분 정도의 뉴스를 마치는 동안 이마에는 식은땀이 송골송골 맺혔다.

데뷔전 대형 사고의 전모는 이랬다. 비교적 넉넉했던

준비 시간 동안 뉴스를 계속 읽던 도중 프로야구 타구장 소식 리포트 기사가 맨 뒤로 빠진 것이다. 큐시트를 확인할 생각도 못 하고, 프로야구 다음 소식은 프로축구 리포팅이라고 철석같이 믿고 있었다. 야구 기사 다음에는 축구 기사, 그다음은 해외 스포츠. 이런 식으로 큰 흐름을 파악하고 준비한 탓이었다. 그러니 사고는 필연적이었다.

뉴스 이후 CM이 나가는 동안 그날 당직하던 뉴스팀장이 득달같이 내려오셨다.

"야 이 새끼야! 첫날부터 무슨 짓이야……. 클로징 때 시청자들한테 사과하고 당장 튀어올라와."

"……예."

어떻게 뉴스를 끝냈는지 기억나지 않는다. 불려간 자리에서 우리말 욕사전에 등재된 단어는 거의 다 들었던 기억은 난다. 아울러 회사 창사 이래 입사 후 가장 빨리 경위서를 제출한 아나운서라는 신기록을 세웠다. 하나둘 슬슬 방송에 투입되는 동기들과 달리, 나는 그 이후로도 오랫동안 담당할 방송이 없었다.

데뷔전 대형 사고 이래, 나의 일과는 아주 단순해졌다. 정시 출근, 정시 퇴근, 전화 교환수, 각종 서무 관련 기획서 작성 등 방송을 제외한 아나운서팀의 잡무를 모두 책임졌다. 그런 시간들이 내게는 무척이나 소중한 순간들의 집합체가 되었다. 회사에 오래 있다 보니 얼굴만 알던 선배들에게도 말을 건네며 한 걸음 더 다가가 방송에 대한 노하우도 알게 되고, 내 방송에 대한 가감 없는 비판과 조언도 들을 수 있었다. 남는 게 시간이다 보니 선배와 동료들의 방송을 눈여겨보며 혹시라도 다음에 내가 방송을 맡게 되면 어떻게 할지 이미지 트레이닝을 하며 나름 꼼꼼하게 계획을 세우기도 했다.

이따금 방송 자료나 기타 자료를 출력해 달라는 선배들의 심부름을 하면서 이런 식으로 방송을 준비하는구나 하고 다양한 준비 방법을 습득할 수도 있었다. 지금 생각해 보면 첫 방송에서 사고를 치지 않았다면 이렇듯 눈이 트이고 생각을 넓히는 경험을 하지 못했을 것 같다.

돌아보면 그동안 나는 어지간히 크고 작은 실수를 저질렀다. 부족한 점들, 실수들을 어떻게 하면 메울까 고민하고 나름의 답을 하나하나 찾다 보니 나도 모르는 사이 시간이 흐르고 경력이 붙었다. 어느새 방송계에서 가장 오래된 스포츠 캐스터가 되었다.

강한 자가 오래 살아남는 것이 아니라, 오래 살아남은 자가 강하다는 말이 있다. 나 또한 변변찮은 실력으로 스포츠 현장에 살아남기 위해 발버둥 치면서 지금까지 용케 버티고 있는 것 같다. 스포츠 캐스터로서 인생은 나에게 호의적이지도, 그렇다고 야박하지도 않은 솔직하고 담백한 친구였다. 딱 내가 노력한 만큼 빛을 베풀어 주었고, 주변 사람들과의 인연을 끈끈하게 맺어주었다. 그것만으로도 참 감사한 일이다.

3. '우승 멘트'의 탄생 비화

"'보고 계십니까, 들리십니까'를요?"

가끔 중계석으로 찾아오거나 중계차 주변 출입구에서 캐스터와 해설위원을 기다렸다가 야구공에 사인을 부탁하는 야구팬들이 있다. 감독이나 선수도 아닌 나에게까지 사인을 받는 모습이 신기하고 쑥스럽기도 하지만, 오랜 시간 기다렸을 노고와 정성을 생각해서 그런 분들을 만나면 사인을 해드린다.

그런데 한번은 야구공에 사인을 하고 돌아서 가려는데, '보고 계십니까, 들리십니까' 하는 멘트도 써달라는 요청을 받았다. 나를 기다리고 있는 스태프들도 마음에 걸려

머뭇거리다가 정중하게 양해를 구하고 돌아섰다.

어느 순간부터 팬들은 이런 시그니처 멘트를 기대하고 있다. 사실 지금도 그렇지만 오프닝 멘트를 제외하고 스포츠 캐스터가 멘트를 준비하는 것은 어려운 일이다. 경기가 어떻게 흘러갈지, 중요한 순간 어떤 선수가 맹활약을 할지 예상해서 멘트를 준비하는 것은 자칫 그 경기가 지닌 생명력을 좁은 식견으로 재단하는 일이 될 수도 있어 자제하려고 한다. 멘트 또한 그러하다. 사전에 작성하지 않는다. 미리 작성해 두면 그 상황에 어울린다고 하더라도 마치 대본을 읽듯 낭독하게 되어 영 분위기를 살리지 못한다.

웬만하면 특별한 멘트를 준비하지 않으려고 한다. 되도록 그 상황을 시청자의 입장이 되어 공유하려고 한다. 그런데 시간이 흐르면서 팬들이 인상적인 우승 멘트를 기대하고 있고, 오랫동안 기억하고 있다는 사실을 알게 되면서 부담이 느껴지기 시작했다. 야구 전문 캐스터로서 '우승 순간만이라도 조금 더 의미 있는 멘트를 생각해 보자' 하고 마음먹은 것은 2009년이었던 듯싶다.

"지난 12년간 KIA 타이거즈 팬들이 듣고 싶었던 얘기를 제가 지금 해드리겠습니다. 2009년 정규시즌 우승은 KIA 타이거즈입니다."

처음으로 멘트를 준비한 경기는 아마도 2009년 9월 24일 군산에서 벌어진 히어로즈와 KIA의 경기였던 것 같다. 당시 한 경기만 중계하는 일정이어서 직접 차를 운전해서 군산까지 이동했다. KIA가 이기면 정규시즌 우승이 확정되는 순간이었다. 차를 운전하면서 어떤 멘트가 좋을지 무척 고민했다. 그러다가 2004년 메이저리그에서 86년 만에 보스턴 레드삭스가 월드시리즈에서 우승했던 순간 중계를 담당했던 조 벅^{Joe Buck}(메이저리그 주요 경기와 포스트시즌, 월드시리즈를 중계하고 있는 캐스터)이 했던 당시 멘트가 떠올랐다.

"보스턴 팬들이 오랫동안 듣고 싶었던 이야기, 보스턴 레드삭스가 월드시리즈 챔피언입니다."

이 얼마나 멋지고 아름다운 이이야기인가? 밤비노의 저주(베이브 루스가 1919년 라이벌 팀 뉴욕 양키스로 트레이드되면서 오랫동안 우승하지 못한 보스턴 레드삭스의 불운을 일컫는 말. '징크스'에 그칠 수도 있는 표현이 오죽했으면 '저주'가 되었다. 보스턴 팬들은 수많은 우승 기회를 놓치면서 저주라고 이야기할 수밖에 없는 순간들을 86년 동안 견뎌왔다)

를 깨고 드디어 우승을 차지하는 순간, 이보다 완벽한 멘트는 없었다. 너무 흥분하지 않으면서도 힘찬 톤으로 우승을 전하는 조 벽과 같은 멘트를 하고 싶었다.

이리저리 궁리하다가 떠올린 멘트는 아주 이성적인 멘트였다. 그러나 경기가 후반으로 흐르고 우승 분위기가 점점 고조되면서 애초에 준비한 멘트는 완전히 다른 멘트가 되었다. KIA의 우승을 알리는 멘트는 지금 들어봐도 손발이 오그라드는 느낌이 든다. 중계를 마치고 서울로 혼자 차를 몰고 올라가면서 몇 번이나 자책했는지 모른다. 그 이후 한동안 미리 멘트를 준비하는 일은 깨끗이 포기했다.

그래도 이미 방송에서 입 밖으로 쏟아냈고, 팬들이 오랫동안 기억하고 있는 멘트들에 대해서는 뒷이야기를 말씀드리는 것이 좋을 것 같아, 몇 가지 탄생 비화를 소개한다.

"자, 왼쪼오오오오옥! 끝내기! KIA 타이거즈의 우승! 나지완이 해결사였습니다. 12년 만에 KIA 타이거즈가 우승을 차지합니다."

사전 멘트 없이 준비한 중계방송 중 가장 성공적인 멘

트가 아닐까 싶다. 2009년 KIA와 SK의 한국시리즈 7차
전, 9회까지 대등하게 이어지는 대결, 이런 상황엔 '운명'
이란 단어가 어울린다. 어느 선수가 어떤 일을 벌일지 모
른다. 선수들도 모든 것을 운명에 맡기듯이 캐스터도 오
롯이 본인의 방송 본능과 애드리브에 기대게 된다. 눈으
로 보는 순간, 입으로 나오는 상황이었다. 어떤 멘트를 준
비한다고 한들 이런 상황을 예상이나 할 수 있었을까?

  하지만 그날도 나는 실수 아닌 실수를 했다. 대개 이런
극적인 승부에서는 캐스터도 과하게 상황에 몰입하는 경
우가 있다. 승패가 결정되고 나면 우승한 팀의 환희 못지
않게 정상 문턱에서 패배한 팀에 대한 아쉬움도 객관적으
로 전달해야 했다. 그날은 그 기본을 잃었다. 아마도 베테
랑 이종범 선수의 눈물이 나에게 기폭제가 된 것 같다. 나
도 그만 울컥했다.

  그가 일본 프로야구 NPB에서 돌아왔을 때 그의 금의환
향을 의심하는 사람은 아무도 없었다. 1997년 해태를 우
승시킨 그는 '탈KBO급' 선수로 인정받았고 일본 무대에
서도 맹활약을 펼칠 것으로 기대했다. 그런 그가 부상을
입고 한동안 슬럼프에 빠졌다가 고향 팀으로 돌아왔다.
아쉽게도 일본 진출 이전만큼의 경기력은 돌아오지 않았

다. 팀 성적도 예전만 못하다 보니 너무도 안쓰러웠다. 그런 시간을 묵묵히 이겨낸 그에게 한국시리즈 우승은 얼마나 남달랐을까? 선수들, 코칭스태프와 얼싸안고 울고 있는 그의 모습을 보는 순간 나도 모르게 감정이 달아올랐다.

다음 시즌, 2010년 우리 방송국의 프로듀서가 업무차 KIA 타이거즈 사무실에 전화를 걸고 통화하고 나더니 나에게 한마디 한다.

"선배님 KIA한테 돈 받으셔야겠던데요? 통화 연결음이 선배님 목소리예요."

돈 대신 그런 영광을 주셨으니 내가 되레 고마워할 일이다. 내 멘트는 공공재다. 언제든 써도 된다. 누구의 아이디어에서 나왔든 한 번 방송을 탄 멘트는 내 것이 아니라 시청자와 야구팬 들의 것이다.

이때부터 다른 건 몰라도 우승이 결정된 순간의 멘트는 좀 더 신경을 써보자는 마음을 먹었다. 우승 순간을 오랫동안 기다린 팬들의 입장에서, 그 순간만을 위해 땀 흘려온 선수들의 입장에서 그들을 존중하고 배려하는 것이 캐스터의 최소한의 책무가 아닐까 싶었다.

"보고 계십니까? 들리십니까? 당신이 꿈꿔온 순간, 2011년 챔피언 삼성 라이온즈입니다.

아마 2011년 우승 멘트는 가장 오래 묵혀놨던 멘트일 것이다. 그해 9월 장효조 2군 감독이 타계했다. 팬이었던 나는 뭔가 좀 색다른 멘트를 준비하고 싶었다. 만약 삼성이 우승한다면 팬들은 어떤 느낌일까? 삼성의 레전드 장효조가 얼마나 팀으로 돌아오고 싶어 했는지는 그와 몇 번 만나 이야기를 나눌 때 느낄 수 있었기에 중의적인 의미를 담고 싶었다. 그렇지만 경사로운 자리에 신파와도 같은 분위기를 끼었고 싶지는 않았다. 그러다 최강의 전력에도 한국시리즈에서 번번이 패배해 아홉 번(2010년 기준)이나 준우승에 머물렀던 삼성 라이온즈와 팬들을 생각해 봤다. 그들이 정말로 꿈꾸고 두 눈으로 보고 싶었던 순간, 그 순간은 장효조 감독도 마찬가지였을 것이다.

"다시 한번 보고 계십니까? 들리십니까? 당신이 꿈꿔온 그 순간! 삼성의 3연패입니다."

2013년 삼성의 한국시리즈 우승은 드라마와도 같았다. 1승 3패로 벼랑까지 밀렸던 시리즈를 7차전까지 끌고 가 기적 같은 역전 우승을 이루어 냈다. 세 번 연속 한국시리즈에서 이긴 기록을 쌓아 나간 것이기도 했다. 시리즈가 계속되면서 계속 멘트에 대해 고심했다. 사실 이 우승 멘트는 가장 먼저 머릿속에 떠올린 것이었지만 너무 반복되는 듯하고 성의 없어 보여서 바로 폐기했다. 그러나 되레 삼성의 우승이 가시화되면서 다른 생각이 들었다. 3연패를 달성할 수 있는 강팀이면 장황한 멘트보다는 앞선 첫 번째, 두 번째 우승의 느낌과 연장선상에 있는 것이 좋을 것 같았다. '어떤 상황에서도 삼성은 강팀이다'라는 것을 알리는 담백한 멘트를 하고 싶었다.

"오늘 경기 5-3으로 끝납니다. 그리고 어쩌면 LG의 18년의 기다림도 오늘 함께 끝날지도 모르겠습니다."

2013년 8월 20일, LG는 18년 만에 정규시즌 1위에 등극한다. 우승한 지가 꽤 오래되었지만 여전히 많은 팬을 보유하고 있는 팀이 LG 트윈스다. 1990년대 두 번의 우승과 두 번의 준우승을 경험한 LG는 2000년대 들어서 점점 쇠락의 길을 걷다가 2002년 한국시리즈에 진출해서 준우승을 한 다음 번-아웃Burn-out이 되고 말았다. 그리고 기나긴 암흑기가 이어졌다. 6-6-6-8-5-8-7-6-6-7. 무슨 전화번호도 아닌 암호 같은 긴 세월, LG는 봄에는 희망을 가을에는 절망을 안겨주며 만년 하위권으로 남의 우승을 바라보기만 했다. 그랬던 LG가 1995년, 8월 이후 1위에 오르는 순간이었다. 사실 경기 전 대충 얘기는 들었지만 그렇게 오랜 시간이 흘렀는지 몰랐다. 마지막 아웃카운트가 잡히고 머릿속을 헤집어 떠올린 멘트였다. 무려 5,879일 동안 기대와 실망 속에서도 포기하지 않았던 LG 팬들에게 희망을 주고 싶었다.

"2016년 마지막 아웃 카운트, 판타스틱 포(4)가 퍼펙트 포(4)를 달성합니다. 이보다 더 완벽할 수는 없습니다. 2016년 정규시즌 그리고 한국시리즈 챔피언 두산 베어스입니다."

2001년 우승을 차지하고 계속 우승 길목에서 좌절했던 두산 베어스가 2015년 우여곡절 끝에 우승을 차지했다. 운 좋게도 2015년 한국시리즈 5차전 현장에서 방송을 통해 우승을 알릴 수 있었다. 그런데 가장 중요한 순간, 나는 큰 실수를 범했다.

"스트라이크!, 2014, 2015년 두산이 챔피언이 됩니다. 14년 만에 미라클 두산이 또 한 번 가을의 기적을 완성하는 순간입니다!"

이현승 마무리 투수가 마지막 삼진을 잡는 순간, 나는 14년 만의 우승이라는 것에 지나치게 몰입한 나머지 2014를 먼저 외치고 말았다. 쥐구멍에라도 숨고 싶은 심정이었지만, 이미 전파를 타고 전국에 날아가 버렸다. 그래서 2016년 만약 두산이 우승을 차지한다면 보다 완벽한 '우승 콜'을 하고 싶었다. 때마침 두산은 '판타스틱 포'라고 불리는 선발 투수 네 명이 차례대로 올라와 상대를 압도하는 완벽한 경기를 펼치며 4승 무패로 시리즈를 끝냈다. 두산 베어스 선수들과 팬들에게 사죄하는 마음으로 보다 완벽한 우승을 강조하며 퍼펙트라는 단어 쓰려고 했다.

이제 불혹에 접어든 KBO 프로야구, 중요한 순간을 선수들과 팬들과 함께하는 것만으로도 큰 의미가 있는데 그 순간을 내 목소리로 기억하고 싶어 하는 팬들이 있다는 것은 대단히 고마운 일이다.

"지난 11년 동안 한화 팬들이 가장 듣고 싶었던 이야기, 2018년 가을, 한화 이글스가 암흑기를 끝냅니다."

"KBO의 아홉 번째 심장 NC 다이노스가 2020년 KBO를 흔들어 깨웁니다. 2020 한국시리즈 챔피언 NC 다이노스입니다. 1군 데뷔 여덟 시즌 만에 NC가 거침없이 달려서 2020 정규시즌, 그리고 한국시리즈 통합 우승을 거머쥡니다."

"아무도 아직은 외쳐보지 못했던 이야기, KT가 정규시즌 일곱 시즌 만에 정상에 오릅니다."

운 좋게 2018년 한화 이글스의 포스트시즌 진출과 2020년, 2021년 신생팀 NC와 KT의 우승을 전하는 멘트를 할 기회가 있었다. 아직 LG, 롯데, 한화, 키움, SSG의 우승 멘트를 해보지 못했다. 은퇴 전까지 그럴 기회가 있으면 좋겠다. 곧 올 것으로 기대한다. 무슨 멘트를 하면 좋을까?

4. 캐스터가 주인공이 된 야구 경기

2020년 9월 19일 인천 SK행복드림 구장, KT와 SK의 경기. 스코어는 잘 기억나지 않는다. 누가 이겼고 누가 수훈 선수가 됐는지도 기억나지 않는다. 내 머릿속에 남은 건 그날 중계석이 유난히 넓게 느껴졌고, 야구 중계방송이 이토록 길다는 사실뿐이었다. 그 경기는 한국 프로야구 중계 역사상 처음으로 캐스터 혼자 방송을 한 날이었다.

이날의 이벤트는 중계방송 본연의 느낌을 시청자들에게 전달하면 어떨까 하는 제작진의 아이디어에서 시작됐다. 국내에서는 단 한 번도 없었고, 140년이 넘는 메이저리그에서도 빈 스컬리(전 다저스 캐스터)를 제외하면 거의 해본 적 없는 방송 형식이었다. 선수 출신도 아닌 캐스터가 해설위원 없이 혼자 중계한다는 것이 얼마나 위험한 일인가? 하지만 제작진은 상상할 수도 없는 일을 기획했고, 그 임무를 떠안게 된 캐스터는 바로 나였다.

실은 빈 스컬리처럼 혼자 중계방송을 하면 어떤 느낌일지, 나도 해보면 어떨까 하는 상상은 해본 적이 있었기에 제작진의 제안이 처음에는 재미있게 느껴졌다. 캐스터와 해설위원 한두 명이 함께 방송을 하다 보면 전문적인 설명에 집중하다가 방금 벌어진 상황을 놓치거나 넘어가게 되는 경우가 있다. 또한 시청자 입장에서는 두세 사람의 멘트가 때론 부담스럽게 느껴지는 경우도 있을 것이다. 그런 점에서 제작진의 제안은 신선하게 느껴졌다. 하지만 약속된 경기 날짜가 다가올수록 고민과 부담만 늘어갔다.

경기 중 생각지도 못한 상황에 처하거나, 정보도 알 수 없는 선수가 출전하게 되면 해설위원의 도움을 기대할 수 없었다. 말실수는 둘째 치고, 자칫 상황 설명을 잘못하다가는 시청자들에게 혼란을 줄 수도 있었다. 마치 안전그물 없이 외줄 타기에 나선 기분이었다.

경기 전 사전 오프닝을 녹화할 때부터 삐걱댔다. 경기 시작 전 준비하는 과정은 크게 다를 것이 없었다. 평소대로 훈련 중인 양 팀 선수들을 취재하고 코칭스태프들의 이야기를 들었다. 평소대로 하자면 오프닝 녹화는 인사를 하고 오늘 경기 중계를 함께 맡은 해설위원을 소개하고, 해설위원에게 오늘 경기의 관전 포인트를 묻고, 선발 투수에 대한 예상을 들어야 하는데, 아무도 없었다. 혼자 하는 오프닝은 낯설기만 했다.

"제 옆의 빈자리가 무척 크게 느껴집니다. 아마 여러분도 오늘 그 공백을 느끼실 겁니다. 그래도 즐거운 볼거리가 되길 기대합니다."

나의 오만이었다. 제작진의 엉뚱한 제안은 거절했어야 했다. 하지만 이미 엎질러진 물. 현실에서 돌이킬 방법은 없었다. 나도 모르게 긴장한 상태에서 평소보다 더 많은 말을 하고 있었다. 아마 해설위원의 공백을 메워야 한다는 생각에 쉼 없이 질주하듯 떠들어 댄 것 같다. 경기 전에 했던 취재와 분석거리를 경기 초반에 부지런히 쏟아내고 있었다.

"명재야, 멘트가 너무 많다. 너 혼자 모든 걸 채우려 하지 마. 경기 소리로 채워보자."

3회쯤 되었을 때 중계차에 있던 담당 이정천 프로듀서가 내 귓가에 경종을 울렸다.

'맞다, 중계 본연의 맛을 되살리자고 계획한 일이지. 내가 뭐 하러 구구절절 해설위원 역할까지 맡아서 하려고 하는 거지. 그럴 거면 차라리 실력 있는 해설위원들 불러서 이야기 들으면 되지. 멘트를 줄이고 경기 본연의 소리와 상황에 집중해 보자.'

그렇게 생각을 바꾸고 나자 편안해졌다. 시청자가 됐다. 마치 집에서 맥주 한잔하면서 경기를 즐기는 시청자 혹은 가족들과 함께 나들이를 나와 관중석에 앉은 야구팬의 한 사람이 되었다. 어쩌면 중계방송의 본질이 그런 것 아닐까? 그들과 같은 콘텐츠를 즐기는 것, 그것이야말로 진정한 방송이 아닌가.

가슴속을 꾹 누르고 있던 부담과 압박이 연기처럼 사라졌다. 나는 최대한 입을 닫고 귀를 열었다. 그러자 비로소 야구가 느껴졌다. 중계방송해야 할 대상이 아닌, 시청자와 함께 교감할 야구가 말이다.

사실 이날 단독 중계방송은 나에게 처음 있는 일은 아니었다. 이전에도 생각지도 못한 상황이 벌어져 혼자 방송을 해낸 경험이 있었다. 아마 그 때문에 엉뚱한 자신감을 믿고 제작진의 제안을 선뜻 받아들였던 것인지도 모르겠다. 첫 번째 경험은 일종의 방송 사고였다. 사실 그때는 더 아찔하고 더 아뜩했지만 오히려 겁이 없었다.

그 현장은 야구장이 아닌 농구장이었다. 2005년 3월, 전주 실내체육관에서 프로농구 4강 플레이오프전 KCC 대 SBS의 1차전이 벌어졌다. 당시 내가 소속된 방송사 채널은 2001년 개국 이래 줄곧 메이저리그와 아마야구, 여자농구만을 중계해 왔던 터라 첫 프로스포츠인 프로농구에 상당히 심혈을 기울이고 있었다. 그리고 2005년 봄에는 스포츠 채널의 치열한 경쟁의 장인 프로야구에 첫발을 내딛을 준비를 하고 있었다.

불과 열흘 후 프로야구 시범경기가 시작되고 중계가 예정되어 있어서 주요 인력들이 프로야구로 이동하고 있었다. 그도 그럴 것이 프로농구 포스트시즌은 지상파 채널에서 중계방송을 하고 있어서 포스트시즌 초반 라운드가 끝나면 재빨리 프로야구 중계를 위해 준비를 서둘러야 했다. 나도 시즌 마지막 중계방송이란 걸 떠올리고 전주에 도착했다.

주말이라 길이 막힐 수도 있다는 염려 때문에 이른 시간에 도착해서 체육관 안팎을 돌아다니며 취재거리를 찾고 있었다. 그런데 좀 묘한 분위기가 연출됐다. 스태프들이 말하길 해설위원이 연락을 받지 않는다는 것이다. 그 이야기를 듣고 나도 연락을 하고, 담당 프로듀서도 전화를 걸었지만 해설위원은 '잠수'를 탄 것인지 답이 없었다.

경기 시간이 다가오자 다급해진 담당 프로듀서는 현장에서 누군가를 섭외해 보자고 했다. 알고 있는 농구인, 농구협회 인사를 죄다 동원했지만, 토요일 오전에 수도권에 거주하는 사람이 고속도로의 정체를 뚫고 한 시간 안에 전주에 올 수는 없었다. 얼마나 급했는지 취재차 경기장을 찾은 보도 채널의 기자 선배에게까지 SOS를 쳤다. 하지만 그도 회사의 허락 없이 방송 출연은 어렵다며 손사래를 쳤다. 막막하기만 한 가운데 시간이 흘러, 방송까지 30분밖에 남지 않았다. 담당 프로듀서는 자포자기한 심정으로 말했다.

"혼자 해보자."

머릿속이 하얘졌다. 한편으로 현실적인 상황을 냉정하게 직시했다. 단독 중계를 거절할 상황이 아니었다. 나에게도, 담당 프로듀서에게도 선택권은 없었다. 그럼 해설위원의 공백이 느껴지지 않게 하려면 어떻게 해야 할까? 다행스럽게도 포스트시즌이라 5천여 명의 관중이 경기장에 들어차 있었다. 나는 담당 프로듀서와 오디오 감독에게 부탁했다.

"합시다. 대신 관중을 이용합시다. 현장 음을 최대한 높게 올려주세요, 골이 들어가면 오디오 음량을 더 올려주세요, 해설자 없는 게 티 나지 않게 말이죠."

그날은 오프닝 촬영도 따로 하지 않았다. 경기에 대한 사전 설명은 아주 간결하게 했고, 경기 시작과 함께 선수들의 플레이 하나하나에 집중했다. 중계방송 내내 내 입은 공이 이동하는 선수들을 따라다녔다. 공이 골대 네트에 들어가면 멘트를 멈추고 현장 오디오의 도움을 받았다.

"석 점 슛, 성공!"

득점이 되면 관중의 환호성이 이어진다. 그때부터 상대 팀 선수가 볼을 드리블하며 공격 코트를 넘어올 때까지 현장 음으로 채웠다. 그런 다음 멘트를 이었다.

"이상민이 상대 코트로 넘어옵니다. 왼쪽으로 추승균에게."

경기도 박빙의 승부로 이어졌다. 나름 목 상태를 조절하려고 했지만 서서히 단독 중계에 따른 여파를 느끼고 있었다. 초반부터 헤드폰 속 현장음을 올려놓아 자연스럽게 내 목소리 톤도 올라가게 되었고, 경기가 치열해질수록 더 많은 멘트를 하고 높게 소리를 지르는 바람에 평소보다 더 많이 목에 부담이 내려앉고 있었다. 4쿼터로 접어들자 내 목소리는 방송 시작과는 완전히 달라져 있었다.

'조금만 더 버텨보자.'

드디어 경기가 끝났다. 내 중계복은 코트에서 뛰어다니

던 선수들 못지않게 땀으로 젖어 있었다. 기운이 다 빠져나간 듯 몸이 내려앉았다. 옆에서 재미있는 구경거리라도 되는 듯 경기 내내 나를 힐끔힐끔 훔쳐보던 다른 방송사 라디오 해설위원이 웃듯이 한마디 하고 지나간다.

"괜찮아요? 쓰러지는 줄 알았어."

다행히 방송에 대한 평가는 나쁘지 않았다. 방송을 마치고 중계차로 돌아와 보니 사고의 원인이 밝혀져 있었다. 해설위원이 날짜를 착각했다는 것이다. 그는 시즌 내내 함께했던 주요 스태프들에게 연락을 못 받았다고 했지만(물론 스태프들도 야구 중계를 준비하느라 정신이 없었다), 결과적으로 본인이 일정을 혼동했다는 사실이 밝혀졌다. 그는 매우 미안해했지만, 해설위원 없이 진행한 중계가 방송된 상황을 돌이킬 수는 없었다.

그 이후 지금껏 나는 그 방송을 보지 않았다. 나도 어쩔 수 없이 떠안아야 했던 상황이고, 많은 시청자와 농구팬들이 그 상황을 이해해 주지만, 그 경기의 매 순간이 캐스터로서 창피하고 민망하기만 하다. 내가 남긴 수많은 오점 중에 유독 크게 느껴진다. 할 수만 있다면 그 영상을 폐기하고 싶지만, 이 또한 캐스터로서 내가 남긴 발자취인 건 인정할 수밖에.

5. 편파 방송과 자기 검열 사이

미국의 대표적인 스포츠 캐스터인 조 벅은 월드시리즈가 끝난 뒤 너무 한 팀으로 편파적인 중계를 하지 않았느냐는 물음에 다음과 같이 대답했다.

"저는 그날 경기하는 두 팀 중 어느 한 팀도 대변하지 않습니다. 시청자들은 시즌 내내 들었던 홈팀의 캐스터처럼 때에 따라 흥분하지도 않고 상대 팀 이야기만 한다는 이유로 '저 아나운서는 편파적이야'라고 생각합니다. 하지만 저는 늘 모든 팀을 응원합니다. 사실 누가 이기든 별로 상관하지 않아요. 전 단지 멋진 경기를 보고 싶을 뿐입니다."

메이저리그는 팀별로 시즌 내내 중계방송을 담당하는 캐스터-해설위원 들이 팀을 이뤄 선수단과 함께 이동한다. 그런 중계방송에 익숙해진 탓인지, 전국구 방송으로 중계되는 포스트시즌과 월드시리즈를 주로 담당하는 조 벅에게 시청자들은 상대 팀에 대해 이야기하는 데 많은 시간을 할애한다며 비난을 쏟아냈다.

샌프란시스코 자이언츠와 캔자스시티 로열스가 격돌한 2014년 월드시리즈를 조 벅이 중계방송할 때 현지 분위기는 극에 달했다. 상대적으로 '빅 마켓'인 샌프란시스코에 치우쳐 편파 방송을 한다는 비난이 캔자스시티 팬들 사이에서 크게 일었다. 반대로 샌프란시스코 팬들은 그가 캔자스시티에 대해 너무 많은 이야기를 한다며 만만찮은 반론을 쏟아냈다.

중립적인 자세로 중계방송을 했지만, 양쪽 팬들에게 맹렬한 비난을 받았다. 왜 캐스터와 해설위원이 상대 팀 입장에서만 상황을 전달하고 설명하느냐는 것이 비난의 주된 내용이었다. 이런 말들이 되풀이되다 보면 '편파 방송'이 아닐까 생각하게 된다. 편파偏頗는 공정하지 못하고 한쪽으로 치우쳐 있음을 뜻하는데, 미국에서는 'root for(어느 팀을 응원하다)'보다 'biased(심리적으로 어느 팀에 관심을 더 두다)'라는 표현을 쓴다. 중계진이 특정 팀에 선입견이 있거나 편중되어 있다는 태도는 문제 있다는 뜻일 것이다.

스포츠 캐스터들이 시청자들에게 가장 많이 욕먹고 지적 받는 것이 바로 편파적인 태도일 것이다. 조 벅도 이야기했지만 캐스터나 해설위원에게 특정 팀의 승리나 우승은 직업 외적으로 관심이 없다. 그 팀이 우승을 한들 보너스가 주어지거나 사례금을 받는 것도 아니다. 선수들과의 친분 관계도 어느 한 팀에만 특정된 것이 아니기 때문에 무의미하다. 어느 팀의 시청률이 높이 나와서 방송사 수익이 늘어난다고 해도 다음 해 연봉을 계약할 때 아무런 상관이 없다. 그러니 의식적으로 편파 방송을 할 리 만무하다.

두산 베어스와 LG 트윈스의 잠실 더비. 두산의 중견수 정수빈 선수를 유독 예뻐하는 허구연 해설위원이 편파 방송을 한다고 지적을 받는 매치업이다. 이 경기를 중계방송하면 양 팀 팬들 사이에서 불만이 쏟아진다. LG 팬들의 불만은 정수빈 선수를 향한 칭찬이다. 그를 향한 허 위원의 "수비를 잘한다", "야구 센스가 돋보인다", "야무지고 근성 있는 플레이를 할 줄 안다"는 칭찬은 LG 팬들의 가슴을 자극한다. 마치 LG에는 그런 선수가 없는 양 정수빈만 칭찬하니 기분이 언짢다. 두산이 점수라도 낼라치면 "LG 투수들이 제구가 안 된다", "포수 리드가 아쉽다", "수비가 엉성했다" 등의 지적이 따라온다.

가뜩이나 경기도 지고 있는데, 허 위원의 멘트는 기분을 상하게 한다. 그럼 두산 팬들은 이런 해설에 만족할까? "누가 봐도 제구가 잘된 공이고, 포수 리드도 문제도 없지 않는가, 전혀 예상하지 못한 베이스러닝으로 촘촘한 수비진을 흔든 것 아니냐. 우리 팀 선수가 잘한 걸 왜 LG의 실수인 것처럼 해설하느냐, 잘 치고 잘 달린 우리 선수를 왜 깎아내리느냐, 이거야말로 편파 방송이다" 하는 반응들이 쏟아진다.

이렇게 극단적인 반응이 대립하고 있는데, 캐스터란 작자가 논란을 부채질한다.

"지금 LG의 문제점은 무엇일까요?"

LG의 관점에서 상황을 파악해 보자는 취지인데, 이 한마디는 LG와 두산 양 팀의 팬들의 감정을 부추기고 만다.

야구는 경기 시간이 보통 세 시간이 넘어간다. 처음부터 끝까지 경기를 보는 사람도 있지만, 경기 도중 방송을 보는 시청자들도 있다. 때문에 캐스터는 자주 상황과 흐름을 되짚어 준다.

"올해(2015년) 한국시리즈는 두산이 외국인 투수가 한 명밖에 없는 상황이라 상당히 불리하죠."

앤서니 스와잭 투수가 부상으로 엔트리에 등록되지 못한 사실을 전달하면서 한 말이다. 하지만 누구나 다 알게 되고 난 다음, 두 번 세 번 반복하면 두산 팬이든, 삼성 팬이든 화가 난다.

'모두 다 아는 얘기 그만 좀 해. 그럴 거면 해결책을 알려주든가.'

2013년 8월 28일, 넥센 히어로즈와 LG 트윈스의 경기. 치열한 접전이 벌어지고 있는 가운데, 3 대 4로 뒤진 LG의 9회말 마지막 공격. 선두 타자인 이병규 선수가 타석에 들어섰다. 마운드 위의 투수는 손승락 선수. 원 볼―원 스트라이크의 카운트, 3구가 손승락의 손을 떠났고 이 공을 이병규가 가볍게 왼쪽 라인으로 밀어쳤다.

나: 이 타구는 왼쪽……!(라인에 물릴 수도 있는데 좀 애매한 상황)

허구연 해설위원: 안타예요, 안타예요.

나: (심판의 파울 판정을 확인한 다음) 안타가 돼야 할 타구가 파울이 됩니다.

허구연 해설위원: 빠졌나요?

나: 파울입니다.

중계상황이 이러했다. 안타라는 해설위원의 확신을 수정해야 했기에 부정의 뜻을 담아 "안타가 돼야 할 타구"라는 표현을 했다. 그러나 팬들의 생각은 달랐다. 특히 넥센 팬들은 더욱 그러했다. 캐스터가 안타가 되길 바란 것 아니냐며 항의했다. 시청자 게시판에 상식도, 기본도 없는 캐스터라는 비난이 폭주했다(추후에 들은 이야기다). 방송을 본 팬들뿐 아니라 인터넷에 올린 글을 보고 화가 난 팬들이 방송사 게시판에 항의의 글을 남겼다.

다음 날 제작진들은 고민에 휩싸였다. 많은 넥센 팬들이 오해한 것 같다며 혹시 방송 도중에 사과하는 것이 어떻겠느냐며 내 의향을 물었다. 나는 이 문제는 중계방송팀의 잘못에서 빚어진 것이 아니라는 점을 이야기하고, 사과를 하더라도 내 개인적인 사과를 해야 한다는 의견을 말했다. 그리고 SNS에 정중히 사과의 글을 올리고 사실을 밝혔다.

최첨단 기기가 발달되면서 요즘은 말 한마디에 의미가 확대되거나 재생산되기도 하고, 본뜻과 달리 정치적으로 인용되기도 한다. 모든 것이 기록으로 남기에 입조심을 해야 하는 시대에 야구 캐스터와 해설위원은 끊임없이 입을 떠들어 대며 존재감을 드러내야 한다. 이런 시대의 변화에 맞춰 제작진 내부에서도 '센서링Censoring(내부 검열)'을 하고 있다.

"방금 전 멘트는 좀 위험할 것 같은데요, 광고 끝나고 다음 회 때 해명하면 좋을 것 같아요."

오해의 소지가 있는 표현이나 멘트가 방송을 타면 대번에 토크백을 통해 이런 메시지가 전해진다. 그런데 문제는 이런 센서링이 캐스터나 해설위원 머릿속에도 존재한다는 것이다.

'이 멘트를 해도 될까? 하지 말까? 괜히 이런 이야기해서 문제 만들지 말자.'

이렇게 망설이고 있는 순간 상황은 지나가고 만다. 그 상황에 딱 맞는 표현이 순식간에 지워진다. 중계 기술이 발전하기는커녕 퇴보되는 느낌이다.

나 자신을 스스로 검열하게 되는 행동에 너무 큰 제약을 받고 있다고 느낀 적이 있다. 2015년 한국시리즈 5차전. '원정 도박' 파문으로 팀의 주축 선수들이 출전하지 못하게 된 삼성은 이미 1승 3패로 시리즈 패배 직전까지 몰려 있었다. 5차전에서도 두산은 초반부터 몰아붙여 5회에 벌써 9 대 1, 여덟 점 차까지 벌려놓았다. 사실 이 정도 상황이면 중계석에서도 승부가 기울어졌다는 분위기가 흐른다. 내용이 너무 한 방향으로 흐른다고 느껴졌는지 5회말이 끝나고 담당 프로듀서가 메시지를 전한다.

"중계 분위기가 너무 두산 쪽인 것 같아요. 좀 더 삼성 쪽으로, 경기 아직 끝나지 않았다 하는 희망적인 분위기로 부탁드립니다."

'아 그런가? 삼성 팬들 입장에선 중계가 너무 절망적으로 느껴질까?'

그러나 한 번 꺾인 경기 흐름은 쉽게 되돌릴 수 없었다. 7회초 삼성이 한 점 따라붙자마자, 7회말 2사 1, 3루에서 정수빈 선수의 결정적인 홈런이 터져 나왔다. 시리즈를 끝내는 결정적인 홈런임을 직감했다.

머릿속에 '높게 떠가는 타구는 담장 쪽, 오늘 경기의 그리고 시리즈의 마침표를 찍는 정수빈입니다'라는 멘트가 떠올랐다. 그대로 입 밖으로 발음하면 됐다. 그런데,

"높게 떠가는 타구는 담장 쪽."

여기까지 말하고 나자 갑자기 머릿속에서 내부 검열 센서가 작동한다.

'피디가 경기 끝났다는 느낌을 주지 말자고 했잖아? 아, 그럼 이 멘트는 안 되는데.'

이렇게 망설이면 말실수가 나올 확률은 100퍼센트다. 역시 말이 꼬이기 시작한다.

"오늘 경기의(잠시 침묵) 느낌표(마침표 대신 나온 단어라니!)를 찍고, 이제 그라운드를 도는 정수빈."

좋은 멘트 하나를 방송으로 구연하는 일이 얼마나 힘든 것인지 다시 한번 절감하는 순간이었다.

6. 깨어 있는 서비스업 종사자

20년 넘게 스포츠 캐스터로 일하다 보니 가끔씩 특강을
해달라는 요청을 받는다. 굉장히 전문적인 지식이나 특별
한 교훈을 줄 수 있는 인물이 아니라 대개 그런 요청을 고
사한다. 그러다가 아나운서 및 스포츠 캐스터 지망생들을
위한 특강을 해달라는 부탁을 받았다. 이번만은 거절하기
가 어려웠다. 20여 년 전 똑같은 취준생으로 하루하루가
막막했던 그 시절의 기억과 함께 이 분야에서 일하고 싶
어 하는 젊은 친구들에게 왠지 모를 부채 의식도 느껴져
해보겠다고 승낙했다.

누군가에게 무엇을 가르친다는 건 상당히 조심스러운

일이다. 아직 이쪽 분야에 발을 들이지 않은 친구들에게 너무 전문적인 내용을 전달하는 건 무의미해 보였다. 그렇다고 너무 피상적인 것들만 이야기하는 건 들으나 마나 한, 특강 같지 않은 특강이 될 터였다.

과연 무엇을 이야기하면 좋을지 곰곰 생각해 보았다. 그러다 번쩍하듯 머릿속에 섬광이 일었다. 아득히 먼 과거, 아마 30년은 된 듯한데, 대학생 시절 특강 시간에 전직 프로듀서에게 들었던 이야기가 떠올랐다. 특강을 하게 된 입장에서 내 무의식은 특강을 들었던 그 옛날의 시간을 소환해 냈다.

"적어도 언론계에서 일하려면 귀를 열고 살아야 합니다. 항상 귀를 열고 있으세요. 그래야 대중이 어떤 것에 관심을 갖고 있는지 알 수 있습니다."

평소에도 그와 비슷한 생각을 하고 있었기에 그분의 말이 새롭게 와닿지는 않았다. 하지만 대중의 관심을 파악하는 구체적인 방법을 들었을 땐 고개가 끄덕여졌다.

"한 달 동안 베스트셀러 세 권 읽기, 인기 있는 드라마와 영화 챙겨 보기, 세 곳의 일간지 정독하기, TV 종합뉴스 시청하기, 시사잡지 구독하기, 오가는 길에 라디오 프로그램 청취하기, 일주일에 3일 이상 다른 분야 사람들과 식사하기, 인기 있는 음악 듣기."

그 외에도 다양했다. 솔깃했다. 언론 분야에서 일하고
싶었던 나는 잔뼈 굵은 프로듀서의 조언을 허투루 흘려들
을 수가 없었다. 다음 날부터 실천했다. 하지만 첫날부터
이런 식으로 트렌드를 파악하는 일이 불가능하다는 걸 깨
달았다. 일간지 세 개를 정독하는 것부터 만만치 않았다.
첫 장부터 스포츠 면을 읽기까지 꼬박 반나절이 걸렸다.
대형서점에 들러 베스트셀러 세 권을 구입했지만, 한 달
안에 읽기는 너무도 빠듯했다.

호기롭게 시사잡지와 스포츠잡지를 구독했지만, 언제
부터인가 읽지 않은 상태로 책상 위에 쌓이기만 했다. 이
와중에 드라마와 영화를 챙겨 보는 것도 힘에 부쳤다. 1
주일이 아니라 한 달이 되어도 다른 분야에서 일하는 사
람들과 식사하는 건 불가능했다. 2주 만에 나는 베테랑
프로듀서의 조언을 뿌리쳤다. 그가 제안한 것 중 어느 하
나도 제대로 해내지 못했다.

하지만 나는 알게 모르게 변해 있었다. 아침에 일어나
면 신문을 펼쳐 보고, 누군가와 약속을 잡고 만나기 전에
서점에 들러 베스트셀러 코너에서 책을 살펴보고, 잡지를
정기 구독해서 틈나는 대로 펼쳐 보고, 매일 뉴스를 보고,

가급적 다른 분야에서 일하는 사람과 만나려는 버릇이 생겼다.

언론 분야에 뜻을 품은 새파란 대학생들에게 베테랑 프로듀서가 노린 것이 어쩌면 이러한 습관이 아니었을까? 그분은 같은 시대를 살아가는 사람들과, 그 사람들과 내가 살아가는 이 사회에 끊임없이 관심을 가지라는 것을 강조하고 싶었던 것 같다. 깨어 있는 사람 되기.

어느 직종의 어떤 분야든 '사람'을 떼어놓고 이야기할 수 있을까 싶지만, 특히 내가 몸담고 있는 스포츠 중계에서는 수십 번 강조해도 지나치지가 않다. 스포츠를 하는 주체도, 그것을 관람하며 즐기는 주체도 모두 사람이다. 그라운드에서는 단순히 '6번 타자, 좌익수'로 출전하지만 그에게는 그만이 지닌 스토리가 있다. 고교 시절 유망주로 손꼽히다가 프로 진출 이후 부상당하고 방출까지 겪었다가 지금 소속된 팀에 테스트를 거쳐 입단하고 현재 KBO 타자 중 타율 전체 10위에 오른 드라마틱한 인생이 담겨 있다. 이러한 선수들과 팬들을 폭넓게 이어주는 것이 바로 캐스터가 하는 일이 아닐까.

별생각 없이 TV만 켜도 간결하면서도 흥미롭게 상황을 설명하고 흥미로운 스포츠의 세계로 안내하는 사람. 그 사람이 바로 방송인, 스포츠 캐스터인 것이다.

"오늘 저희는 롯데 자이언츠와 NC 다이노스의 경기로 여러분을 모시겠습니다."

그렇다. 우리가 하는 일은 항상 시청자를 모시는 마음으로 철저하게 준비해야 하는 서비스업이다. 상조회사의 장례지도사처럼, 호텔의 도어맨처럼, 레스토랑의 웨이터처럼 친절하게 누군가에게 다가가는 마음으로 준비하자. 아직 관객이 들어오지 않고, 선수들도 모이지 않은 야구장에 출근하는 이유는 이 때문인지도 모르겠다.

4장.

캐스터를 만드는 세계, 캐스터가 만드는 세계

1. 이상한 나라의 스포츠 캐스터

"이 일 1년만 하면 여자 친구랑 헤어지고, 2년 하면 친구들이 부르지 않고, 3년 하면 가족들이 버린다."

신참 시절, 선배들과 회식 자리에서 소주잔을 기울이다 한 선배가 경고하듯 들려준 이야기다.

'설마 그런 일이 있겠어.'

우리 동기들은 모두 그 말을 믿지 않았다. 나를 포함한 동기 넷 중 절반은 당시 사귀고 있던 여자 친구와 결혼했으니 선배의 말은 반은 맞고 반은 틀렸다. 하지만 친구들과 멀어지고, 가족들에게 버려지는(?) 건 사실이다.

평범한 직장인이라면 저녁에 퇴근하고 주말에 쉬는 것

이 일상이다. 하지만 스포츠 경기는 평범한 직장인을 불러 모으기 위해 저녁과 주말에 열린다. 직업 특성상 사람 만나기가 참 어렵다. 그래서 이 세계에는 미혼 남녀가 넘쳐난다. 혹은 사내 연애를 하고 있는 경우가 많다.

남들 한창 일하는 월요일이나 화요일, 목요일에는 여유를 만끽한다. 새벽에 일을 하려면 밤에 사람을 만나는 게 참 부담스럽다. 그렇다고 나 하나 때문에 친구들더러 낮에 보자고 할 수도 없다.

휴가도 마찬가지다. 7말8초(7월 말과 8월 초)에 휴가 내는 건 아예 꿈도 안 꾼다. 늦가을까지 이어지는 프로야구와 프로축구 담당자들은 시즌이 막 끝난 늦가을이나 겨울에 묵혀놓은 휴가를 떠난다. 프로농구, 프로배구, EPL·분데스리가 등 해외 축구를 맡고 있으면 봄이나 초여름, 가을에 뜬금없이 떠난다. 캐스터들은 보통 두 가지 스포츠 종목을 맡게 되는데, 프로야구와 프로배구 혹은 프로축구와 프로농구를 맡게 되면 휴가 일정 잡는 것도 보통 어려운 일이 아니게 된다. 친구들이나 가족들과 일정을 맞춰 휴가를 보낸다는 건 남의 일이다.

친구들 모임이나 동창회에서도 처음엔 연락이 오다가도 언젠가부터는 '넌 그날 바쁘지? 회비만 보내' 하는 메시지를 받게 된다. 그리고 단톡방에서 투명인간이 되기 시작한다. 예전에 결혼식 사회를 봐달라는 친구들의 요청이 많았다. 갑작스럽게 방송 일정이 바뀌고 호출을 받는 경우가 많아서 사절을 했더니 삐친 친구들이 늘어났다. 아무래도 결혼 시즌이 4월과 5월, 9월과 10월인데 이 시기는 프로야구 중계를 담당하는 나에게도 정신없이 바쁜 성수기여서 일정을 장담할 수가 없었다. 그렇다고 야구 선수들처럼 11월, 12월, 1월에 결혼식 날짜를 잡으라고 할 수도 없지 않은가.

가족들과의 관계도 원만하지 않다. 신참 때는 방송 배운다고 허구한 날 밤늦게 혹은 다음 날 새벽에 들어오질 않나, 남들 다 일하러 가고 빈 집 안에서 잠만 자거나 느지막이 일어나 동네를 어슬렁거린다. 결혼, 생일, 돌잔치, 장례, 제사, 명절 등 집안의 대소사에서는 당연히 제외되고 가끔 우연찮게 시간이 되어 참석하면 '네가 여긴 어쩐 일이냐' 하고 놀란 친척어른들의 얼굴을 마주한다.

메이저리그, NBA 프로농구, NFL 미식축구, NHL 하키, 미국의 4대 프로 스포츠를 담당하게 되면 한국에서 미국의 시차로 살게 된다. 미국 동부 시간 기준으로 13~14시간 차이를 극복해야 한다. 스포츠 이벤트가 미국 시간으로 저녁 7시 정도에 시작하게 되는데 우리나라 시간으로는 아침 8시다. 미국은 동부, 중부, 중서부, 서부 해안 등 네 개의 시간대가 공존한다. 경기가 벌어지는 곳이 매번 다르다 보니 어느 날은 아침 8시에 중계방송을 하고, 어느 날은 11시에 한다. 그나마 농구, 미식축구, 아이스하키는 시간제 스포츠이기 때문에 중계방송 시간이 일정하다. 야구는 제외다. 아침 8시에 시작한 경기가 점심을 지나 1, 2시에 끝날 때도 있고, 11시에 시작한 경기가 2시가 안 됐는데도 끝나기도 한다. 출연진끼리는 다른 구장의 경기 상황을 체크하며 먼저 끝나면 속으로 쾌재를 부르기도 한다. 경기 시작 시간이 다르지만, 비슷한 시간에 끝나면 우연찮게 점심 회식이 이어지며 9회를 지나 연장까지 이어질 만큼 화기애애한 분위기가 연출되기도 한다.

아침 시간은 10분이 다르다고 했던가? 확실히 아침 8시에 시작하는 경기는 마음이 바쁘다. 반면 11시 경기는 한껏 여유를 부린다. 똑같이 네 시간 전에 일어나 준비를 해도 8시 생방송은 순식간에 다가온다. 하물며 그보다 이른 경기는 그야말로 애가 탄다. 한창 류현진 선수의 선발 등판 경기를 중계하던 시절, 가끔 새벽 5시 경기가 잡혔다.

이 시간대 경기를 준비하는 것이 제일 애매하다.

새벽 1시에는 일어나 준비를 해야 했다. 방송을 위한 몸 상태를 만들려면 저녁 8시나 9시에는 잠을 자둬야 한다. 문제는 도무지 잠이 오지 않는다는 것이었다. 졸리지 않은 몸을 억지로 침대에 눕혀서 뒤척이다 보면 어느새 한두 시간이 훌쩍 가버린다. 어렵사리 눈을 붙였다가 시계 알람 소리에 깨어난다. 그때부터 중계방송을 시작할 때까지 속된 말로 '리부팅'이 잘 안 된다.

유럽에서 벌어지는 축구 경기나 미국에서 벌어지는 메이저리그 야구나 골프 경기는 밤 10~12시, 때론 새벽 2시인 경우도 있다. 이럴 때는 어쩔 수 없이 밤을 새우게 되는데, 경기가 박진감 넘치게 정점으로 흐르는 동안 내 정신 상태는 점점 몽롱해진다. 육체와 정신의 갈등이 최고조로 치닫는 시간은 새벽 3시다. 조금이라도 정신 줄을 놓으면 순간이 훅 지나간다. 자칫 흑역사로 오래오래 남을 방송사고가 벌어질지도 모른다는 아찔한 상상을 한다.

남의 나라 명절에도 바쁘다. 성 패트릭 데이^{St. Patric's} ^{Day}(아일랜드에 가톨릭을 전한 성인 패트릭을 기리는 날로 3월 17일인데, 영미권에서는 휴일로 축제가 벌어진다. 메이저리그에서는 이 날, 모든 팀들이 녹색 유니폼과 모자를 착용한다), 추수감사절, 크리스마스, 박싱데이(크리스마스 다음 날인 12월 26일. 예전 유럽 영주들이 평민들에게 준 선물상자를 열어 보는 날이다. EPL에서는 이날에 중요한 경기가 벌어진다)에는 특별 이벤트가 벌어지니 주변에서 아무도 관심 없는데도 이상하게 바쁘다.

2000년대만 해도 스포츠 중계방송을 담당하는 사람들은 알람시계는 보통 두세 개씩은 가지고 있었다. 알람 시간을 조금씩 달리해서 머리맡에 하나, 방문 앞에 하나, 거실에 하나 두었다. 그렇게 대비해도 사고가 나려면 어떤 상황에서도 벌어진다. 어느 후배는 아침 8시 중계방송이 잡혔는데, 방송 시작 10분 전에 미친 듯이 아나운서실로 들어왔다. 무슨 일이 있었느냐고 물었더니 푹 자고 일어났는데 왠지 싸한 느낌이 들어 알람시계들을 확인해 봤더니 하나같이 알람이 꺼져 있었다며 황당해했다.

다행히 나는 알람 소리를 잘 듣고 제때 일어나는 편이다. 하지만 깊은 잠을 자지 못한다. 알람을 맞춰놨는데도 내 무의식은 알람을 믿을 수 없는 모양인지, 매 시간 정시 때마다 깬다. 새벽 1시, 2시마다 한 번씩 의식이 깨어난다. 편하게 깊은 잠을 잘 수 없는 운명을 타고난 것 같다.

중계방송을 하지 않을 때에도 방송의 사슬에서 스스로를 풀어주지 못한다. 선후배 캐스터들의 방송 혹은 다른 방송사의 중계방송을 보게 된다. 얼마 안 있어 이 중계진이 얼마나 사전에 준비했는지 캐스터의 순발력, 캐스터와 해설위원 간의 위기상황 대처 능력과 궁합을 나도 모르게 가늠한다. 지금 캐스터와 해설위원의 심리 상태까지 추측하게 되는 경우도 있다. 잔뜩 긴장했거나 준비가 부족하면 캐스터들은 발음이 부정확하고 말하는 속도가 빨라진다. 뭔가 부담을 느끼고 있으면 멘트가 단조로워지고 주저하는 말투가 나온다. 이러다 보면 평소 하지 않는 실수들이 튀어나온다. 모든 캐스터와 해설위원이 완벽한 방송을 목표 삼고 만반의 준비를 하지만, 어느 중계방송에서든 실수들을 쏟아낸다.

'저런 비유는 경기 상황하고 잘 안 맞는데?'

'저 질문 내용은 아까 해설위원이 한 말에 고스란히 들어 있는데, 광고 나갈 때 해설위원한테 한 소리 듣겠네…….'

시청자가 되어 카메라가 보여주는 경기에 집중해야 하는데, 내 눈은 화면에 보이지도 않는 중계석을 찾아가고 있다. 언제쯤 마음 편히 스포츠를 즐기는 순수한 관객이자 시청자가 될 수 있을까?

2. 오래 가는 해설위원의
감각과 마인드

잦은 출장으로 집에도 자주 못 들어가는데 일주일에 5일을 함께 보낸 사람이 있다. 가족들 얼굴보다 더 낯익은 그는 바로 허구연 해설위원이다. 2013년부터 2017년까지 류현진 선수의 선발 등판 경기를 담당했을 때 나와 허 위원은 가족과도 같았다. 류현진 선수의 경기가 5~6일에 한 번씩 편성되고, 그 사이 프로야구 3연전을 담당하게 됐는데, 월요일에 류현진 선수 경기 중계, 화·수·목요일 KBO 주중 3연전 중계, 토요일 류현진 선수 경기 중계가 잡히는 경우도 제법 있었다. 그럼 일주일 내내 허구연 위원과 붙어 지내게 되었다.

그뿐인가. 메이저리그 현지 생중계를 위해 함께 출장을 가고, 2월이면 미국과 일본으로 KBO 야구팀의 스프링캠프를 함께 찾아다니기를 20년 가까이 하고 있다. 야구장 안팎에서, 카메라 안팎에서 이런저런 말들을 나눈 사이다 보니 서로를 너무도 잘 안다. 입을 열고 한두 마디만 해도 상대방이 어떤 이야기를 하고 싶은지 바로 파악한다. 아마도 한명재 캐스터-허구연 해설위원 조합의 최고 강점은 오랜 호흡일 것이다. 2020년 KBO 시즌이 함께 중계방송을 한 지 20년째가 되는 해였는데, 국내 프로야구의 중계진 중 이보다 더 오래된 조합은 없는 것 같다.

허구연 위원은 1982년 프로야구 원년부터 MBC에서 야구 해설위원을 맡았던 베테랑이다. 잠시 청보 핀토스의 감독과 롯데 자이언츠의 수석 코치, 미국 메이저리그 코치 연수를 다녀온 공백기를 제외하면 오롯이 해설위원에 전념하고 있는 인물이다.

내 유년기 '최고의 스포츠' 순간은 1982년 세계야구 선수권대회 일본과의 결승전에서 한대화 선수의 역전 결승스러런 홈런이 터진 장면이었다. 나는 아직도 그 순간을 김용 캐스터의 카랑카랑한 목소리와 허구연 위원의 진한 경상도 억양으로 기억하고 있다. 그로부터 40년 가까이

지난 지금, 그분 옆에 앉아서 방송을 한다는 사실이 내게
는 대단한 영광이다.

나도 20년 넘게 캐스터로 활동하고 있지만, 그보다 훨
씬 오랫동안 지금도 변함없이 노련한 해설위원으로 활약
하고 있는 그 원동력은 무엇일지 허 위원을 보며 생각해
본 적이 있다.

무엇보다 내가 주저 없이 꼽는 최고의 원동력은 건강이
다. 가끔 1980년대 방송 장면을 플래시백Flash Back으로 보
면 허구연 위원은 혹시 뱀파이어가 아닐까 싶은 생각이
든다. 체력을 타고난 것인지, 자기 관리가 철저한 것인지,
아니면 둘 다인지 건장한 청년과 견주어도 허 위원이 뒤
질 것 같지 않다. 젊은 스태프들도 힘들어 하는 해외 출장
도 거뜬하다. 열다섯 시간 동안 비행기를 타고 온 사람이
맞나 싶을 만큼 생생하다.

"첫날 일찍 자면 안 돼. 시차 때문에 새벽에 깨면 좀비
가 돼서 여기저기 어슬렁거리게 돼. 오늘은 한잔하고 늦
게 자자."

파김치가 되어 숙소에 들어가면 금방이라도 누울 준비가
되어 있는 우리에게 이런 제안을 하는 이도 허 위원이다.

곁에서 보니 그는 어디서든 잘 자고 무엇이든 가리지 않고
잘 드신다. 그리고 성격이 굉장히 좋다. 분명 스트레스를
받을 때도 있고, 아무도 몰래 화를 속으로 삼킬 때도 있을
텐데, 겉으로 보면 스트레스가 없는 사람 같다. 나도 한 해
나이를 먹으면서 그에게 본받을 것을 받아들이려고 하는
데, 그렇게 나이 들기가 얼마나 어려운지 절감하고만 있다.

그의 최대 강점은 잘 알려진 대로 모든 일에 적극적인
것이다. 어느 프로듀서의 어떤 제안이나 배정에도 거절
을 하지 않는다. 새벽, 이른 아침의 메이저리그 중계방송
을 마다하지 않고 늘 방송하기 두 시간 전 방송국에 도착
한다. 프로야구 현장에서도 마찬가지다. 방송 세 시간 전
에 경기장에 나타나 감독, 코칭스태프, 선수들을 빠짐없
이 만나고 그들의 오늘 상황을 체크한다. 야구 외적인 이
야기, 농담 한마디, 시시한 이야기 하나도 놓치는 법이 없
다. 캐스터 입장에서는 경기 상황에 맞춰 이런 내용만 잘
녹여내면 수준급의 중계방송이 가능하다.

영어와 일본어에도 능통해서 미국과 일본의 야구인들
을 만나는 일을 부담스러워하기보다 오히려 반가워한다.
처음 보는 사람들과도 스스럼없이 다가가 대화를 나눈다.
요즘 메이저리그와 NPB 리그의 트렌드, 야구 관련 최신

뉴스, 미국과 일본에서 활약하는 우리나라 선수들의 실제 평가, 문화적 차이가 야구 경기나 선수들 사이에 어떤 영향을 끼치는지 등 주제도 다양하다. 이런 자세와 능력을 갖춘 해설위원은 아직 우리나라 스포츠 중계방송 분야에서 많지 않은 것 같다.

류현진 선수가 다저스에서 활약하고 있던 당시, 허 위원은 우리 방송사팀과 스프링캠프를 취재하러 갔다. 다저스 단장과 인터뷰를 진행하려는데, 국내 사진기자가 허락도 없이 허 위원과 단장의 모습을 카메라로 찍었다. 단장은 버럭 화를 내고 인터뷰 촬영을 거부했다. 분위기가 싸늘하게 가라앉았다. 허 위원도 심기가 불편했을 것이다. 다짜고짜 카메라를 들이댄 사진기자에게도, 그런 기자와 아무런 관련 없는 우리 방송사팀을 싸잡아 노골적으로 감정을 보이며 인터뷰하지 않겠다는 단장의 행태에 나도 당황스러우면서도 억울했으니까.

허 위원은 분위기를 바꿔 그 단장을 살살 달래며 다저스와 류현진 선수에 대한 단장의 인터뷰를 5분 넘게 진행했다. 단장을 향한 복수는 허 위원답게 논리적이면서 매너 있게 거행되었다. 그 시즌 동안 다저스가 부진할 때마다 허 위원은 정연한 논리로 그 단장의 부족한 점들을 지적했고, 시즌 종료 후 새로운 단장이 다저스에 부임했다.

　허 위원은 끊임없이 노력한다. 40년 넘게 야구 해설을 했으면 솔직히 기본적인 '짬밥'으로 몇몇 경기는 별다른 정보 없이 방송이 가능할 것도 같은데, 그가 앉는 중계석은 자료가 가득하다. 야구장 중계석의 테이블은 그다지 넓지 않다. 여기에 TV 모니터 두 개를 놓으면 공간은 더욱 줄어든다. 방송에 필요한 중계기록지만 올려놔도 꽉 차는데, 허 위원은 가지고 온 자료를 벽에 붙이고, 의자를 가져와 올려놓는다. 애초에 테이블 위 빈 공간을 찾을 수 없다. 중계 기록지에는 언제 써놓았는지 손 글씨로 적은 오늘 경기의 주요 관전 포인트가 빼곡하다.

　일상생활에서도 이와 비슷한 모습을 본 적이 있다. 분당에 살고 있던 당시, 나는 지방 출장을 가게 되면 광명역에서 KTX를 탔다. 하루는 별생각 없이 객실에 들어서는데 어떤 남자가 핸드폰으로 메이저리그 경기를 보고 있는 모습이 보였다. 류현진이나 추신수 같은 우리나라 선수가 출전하지 않은 팀의 경기를 원어 방송으로 보고 있었다.

　'와, 이제 국내에도 메이저리그 팬이 많이 늘었구나. 대단한 야구팬인걸. 국내 중계도 안 되는 경기를 챙겨 보고

있네.'

왠지 반가운 마음이 들었다. 짐을 내려놓고 화장실을 가면서 슬쩍 그 사람을 쳐다보았더니, 그는 다름 아닌 허구연 위원이었다.

'그럼 그렇지.'

"뭘 그렇게 열심히 보고 계세요?"

"아니, 토론토(그때는 류현진 선수가 다저스에 소속된 시절이었다)는 오늘도 지네."

이쯤 되면 그의 야구에 대한 열정은 중독에 가깝다고 할 수 있다. 그의 해설이 질리지 않는 이유는 새로운 기술을 익히고 도전하며 자신의 영역을 넓혀 나가기 때문이다.

2020년 2월, 미국 메이저리그를 취재하기 위해 허 위원과 인천 공항에서 만나기로 약속을 잡았다. 출발 시간이 거의 다 됐는데 게이트 앞에도 보이지 않았다. 한 번도 늦은 적이 없는 분이라 어쩐 일인가 싶어 전화를 걸었다.

"이제 다 왔어요."

핸드폰으로 살짝 숨이 차는 목소리가 들려왔다.

미국에 도착해서 입국 수속을 기다리다 내가 허 위원에게 물었다.

"인천 공항에서는 왜 늦으셨어요? 면세점에서 손녀 선

물이라도 사신 거예요?"

그랬더니 허 위원은 배시시 웃으며 가방에서 작은 물건 하나를 꺼냈다.

"이거 때문에 늦었어. 고프로(소형 카메라) 사서 작동법 익혀 오느라고."

물어본 나도, 주변에 있던 스태프들도 놀란 눈으로 허 위원을 쳐다보았다. 일흔을 바라보는 나이에 고프로를 구입해서 비행기 탑승 직전까지 조카뻘 직원에게 작동법을 익혔다는 말이 너무도 뜻밖이었다.

"어디에 쓰시려고요?"

"우리 현진이 광현이 던지는 것도 찍고, 느끼는 것도 찍어놓으면 좋잖아."

그로부터 6개월 후, 허 위원은 유튜브 채널을 개국했다. 최근 급변하는 매체 환경을 읽고 변화에 대비하고 있었던 것이다. 젊은 사람들도 귀찮아하는 혹은 번거로워하는 일을 그는 즐기듯 도전하고 있다.

꿈꾸는 소년은 늙지 않는다고 그랬던가? 타고난 건강과 지칠 줄 모르는 방송에 대한 열정, 꼼꼼한 준비, 어디에서든 발휘되는 적극성과 야구를 향한 끝없는 호기심. 허구연 위원에게서 중계방송인의 자세를 배운다.

3. 오늘을 사는 사람들의
'오늘의 운세'

예전엔 아침마다 조간신문과 스포츠신문이 아나운서실에 배달되었다. 우리 새내기 아나운서들의 업무 중 하나는 신문을 챙겨서 아나운서실 테이블 위에 올려두는 일이었다. 미리 보면 좋으련만 신문을 보고 접어놓으면 대번에 표시가 나서 선배들이 출근하고 정독한 다음에야 펼쳐 볼 기회가 생겼다.

또 하나 중요한 업무는 스포츠신문의 프로야구 기록지를 스크랩하는 일이었다. 인터넷이 지금처럼 발달하지 못한 시절이라 이 기록지는 굉장히 소중한 자료였다. 그런데 자칫 한눈이라도 팔면 이 신문들이 종적을 감추는 일이 벌어졌다. 기록지를 스크랩하지 못하고, 사라진 스포츠신문을 찾지 못하면 선배들의 불호령이 떨어졌다. 그렇게 되면 방송사에서 수백 미터 떨어진 버스 정류장의 가판점까지 달려가 스포츠신문을 사 오는 일 또한 새내기 우리의 몫이었다. 조금이라도 늦으면 가판대의 신문은 기록지가 없는 석간신문으로 바뀌기 때문에 실종이 확인되면 부리나케 뛰어가야 했다. 그때마다 버스 정류장이 왜 그리도 멀기만 했는지.

새로운 신문을 사건 신문이 사라지지 않는 평온한 오전을 보내건 내가 늘 신문에서 읽는 건 '오늘의 운세'였다. 나에게 해당된 띠가 아니더라도 열두 띠 관련된 운세를 모두 정독했다. 심심풀이기도 했지만, 그래야 '나와 주변 사람들의 운세가 이러하다고 하니 오늘도 열심히 살아보자' 하는 마음가짐이 생겼다. 몇 년 후 친한 스포츠지 기자 선배와 대화를 나누다가 새내기 아나운서 시절 스포츠신문의 '오늘의 운세'를 이야기했더니 대번에 충격적인 말을 들었다.

"야, 가끔 우리도 깜빡하면 전날이나 전주 오늘의 운세를 다시 내기도 해"

'뭐라고! 이런!!'

매일매일 전쟁 같은 승부를 치르는 프로야구 선수들도 오늘의 운세를 보는 이들이 많다. 그라운드 안이건 밖이건 야구계에 발을 담그고 있는 사람들은 대부분 징크스 덩어리라고 해도 과언이 아니다. 속옷이나 양말을 안 갈아입는 것은 기본이고, 속옷부터 유니폼까지 입는 순서마저 정해져 있는 선수들도 있다. 오늘 이기면 다음 날 경기하기 전, 어제 만난 사람들을 다시 만나길 바라는 선수들도 많다. 하지만 지면 얼굴 보는 것조차 꺼려한다.

야구장에 출입하고 그라운드에 내려가 선수들을 만나면서 왜 그들이 그토록 징크스에 집착하는지 알게 되었다. 야구라는 스포츠 자체가 워낙 변수가 많다. 즉 운이 작용하는 경우가 많다는 뜻이다. 투수가 던진 공을 타자가 아무리 잘 쳤다고 해도 수비수가 있는 곳으로 가면 아웃이 된다. 반면 평범한 플라이아웃이 될 공이 전광판 불빛에 수비수의 시야가 가려 장타가 되고 적시타가 된다. 외야에서 내야로 바람이 심하게 부는 날이면 평소에 홈런이 되었을 공이 펜스 앞에서 잡히고 만다. 빗맞은 타구는 내야수와 외야수 아무도 손댈 수 없는 기가 막힌 곳에 떨어진다. 심지어 스트라이크와 볼의 판정은 사람인 주심의 결정에 달려 있다. 심판마다 스트라이크 존이 미세하게 다르다. 좌우를 후하게 쳐주는 심판이 있는가 하면, 상하를 넓게 잡아주는 심판이 있다. 낙폭의 효과를 노린 포크볼을 주무기로 삼는 투수에게는 어떤 심판이 주심이 되느냐가 오늘 경기의 승패를 좌우하는 문제가 될 것이다.

이보다 더 원초적인 운이 작용한다. 오늘 A라는 백업 선수가 출전할 수 있는 확률은 얼마나 될까? 1군 엔트리의 등록 정원은 27명이다. 그중 투수는 12~13명(선발 투수 5명, 구원 투수 7~8명), 나머지가 야수들이다. 그중 주전 선수는 9명이고, 대타·대주자·대수비 선수가 4~5명 정도다.

1군 엔트리에 이름을 올리는 것도 쉬운 일이 아니다. 포지션별 선수 구상 이후 보강이 필요하다고 판단한 1군 코칭스태프의 요청이 프런트에 전달되고 나서 2군 코칭스태프의 추천이 있어야 가능하다. 즉 2군에서 검증을 받았더라도 1군에서 TO가 있어야 한다. 그런데 오늘 주전 야수 9명이 아니면 언제 출전할지는 아무도 모른다. 자기와 포지션이 겹치는 주전 선수가 갑자기 부상을 당한다거나 경기의 승패가 한쪽으로 기울어지지 않는 이상(물론 기울어지더라도 감독이 어떤 판단을 할지는 알 수 없다) 백업 선수가 출전할지는 미지수다.

경기 전, 연습에서 감독과 코칭스태프는 이 선수를 면밀히 관찰하고 컨디션과 실력을 평가할 것이다. 실전에 이 선수를 기용해서 능력을 테스트해 볼지는 감독의 권한이다. 선 굵은 야구를 좋아하는 감독은 시원하고 호쾌한 스윙을 좋아할지 모르지만, 작전 수행능력을 우선시하는 감독은 자신이 추구하는 야구 스타일과는 거리가 있다고 생각할지 모른다. 1군에 이름을 올렸지만, 한 경기도 출전하지 못하고 다시 2군으로 내려가는 선수들이 부지기수다. 한 팀에 60명 가까운 선수들이 있지만, 주전으로 자기 자리를 확실히 꿰찬 선수는 겨우 열댓 명이 되는 정도다. 그리고 시즌이 끝나면 많은 선수들이 자의 반 타의 반 구단을 떠난다.

야구장은 그런 곳이다. 왜 선수들이 이름을 바꾸고, 유니폼에 새겨넣는 숫자를 바꾸고, 평범한 야구양말 대신 무릎까지 올라오는 스타킹으로 바꿔 신는지 이해가 된다.

그런 곳에서 하루하루를 살아가는 그들을 거의 매일 만나는 미디어 종사자들은 굉장히 조심스러울 수밖에 없다. 나 또한 방송 전에 늘 그라운드에 내려가지만, 혹시 별생각 없는 말이나 행동이 선수들과 코칭스태프에게 불편을 줄 수 있어 늘 조심한다. 최근 20타수 넘도록 출루를 하지 못한 선수는 만나자마자 "기 좀 주세요" 하며 내 손을 덥석 잡는다. 반면 오늘 선발 투수로 출전하는 선수는 눈인사 건네는 것도 꺼려질 만큼 본체만체 더그아웃으로 사라진다.

야구장은 그들의 직장이다. 자신의 존재 이유를 보여줘야 하는 삶의 현장이다. 때론 간절한 마음을 빌고 빌고 또 비는 성당이나 교회, 절과 같은 신성한 곳이다. 오늘도 경기장 안팎에서 누군가가 경건한 마음으로 정해진 순서대로 유니폼을 입으며 간절하게 기도하고 있을 것이다. 오늘은 제발, 혹은 오늘도 무사히.

4. 거북이 달린다!

흥행하지 못했지만 내가 재미있게 본 영화들이 있다. 그 중 하나가 〈거북이 달린다〉이다. 구수한 예산 사투리를 자유자재로 구사하는 김윤석 배우의 능청스러운 연기나 선한 이미지의 정경호 배우의 이전과 다른 연기도 볼만했다. 앞부분에 잠시 배경으로 등장하는 소싸움장도 반가웠다. 신참 아나운서 시절 소싸움을 중계했던 시절이 떠올랐다. 나중에 안 사실이지만 이 영화에는 청도 소싸움 대회에서 우승한 소가 출연했다고도 한다.

무엇보다 이 영화에 관심이 간 건 제목 때문이었다. 느림의 상징적 동물인 거북을 전면에 내세우고 '달린다'는 동사를 붙인 표현이 흥미로웠다. 야구계에도 거북이 같은 선수들이 여럿 있다. 어쩌면 거북이들이 성공하는 곳이 야구장인지도 모른다.

해마다 신인 드래프트가 진행된다. 드래프트란 열 개 구단이 전년도 성적 역순으로, 프로의 문을 두드린 아마추어 선수들 중 원하는 선수를 지명하는 제도다. 이를 통해 전체적인 전력 평준화를 이루고 프로야구의 흥미를 돋우기 위한 취지가 담겨 있다. 그중 1차 드래프트는 지역 우선 지명을 통해 각 구단이 한 명씩 지명하고, 나머지 선수들은 모두 2차 지명을 통해 10라운드까지 구단별 11명, 최대 110명이 지명된다(2023년부터는 1, 2차 구분 없이 전면 드래프트를 실시할 예정이다).

해마다 고교 및 대학 야구 졸업자가 1,200명 정도 된다고 하니 경쟁률이 10 대 1이 넘는다. 그러다 보니 1차 드래프트에서 지명 받은 선수는 '야구 엘리트 중의 엘리트'라고 할 수 있다. 2차 1라운드에 지명된 선수 또한 프로 구단 입단을 신청한 동기생 중 최고의 실력을 갖춘 선수들이다. 대학 입시에 비유하자면 전국에서 1~20등에 드는 수재들이다. 2차 2~3라운드에 뽑힌 선수들도 구단에서 나름 검증을 마치고 기대를 걸고 있는 재목들이다.

하지만 6라운드가 넘어가면 관점이 조금 달라진다. 잠재력은 있으나 지금 실력으로는 좋은 경기력을 기대할 수 없다고 보는 시선이 지배적이다. 이들 중 대부분은 입단하고 얼마 안 있어 군 입대를 선택한다. 기존 주전 선수들과 실력 차가 있기에 우선 군복무부터 해결하려는 것이다.

그나마 상무라는 국군체육부대에 지원해서 선택되면 군복무 기간에도 야구를 계속할 수 있다.

예전에 '상무 피닉스'나 '경찰청 야구단(2019년 해체)'에서 열심히 칼을 갈고 돌아온 선수들이 드래프트에서 기대했던 잠재력 넘치는 매력적인 선수가 되어 KBO 리그에 새로운 활력을 불어넣은 적이 있다.

야구팬이라면 벌써 머릿속에 떠오르는 선수들이 있을 것이다. 최형우 선수가 그랬고, 양의지와 최주환도 대표적인 선수다. 삼성 라이온즈에 포수로 입단했던 최형우(2003년 2차 6라운드 전체 48번)는 2005년 시즌 후 방출당했지만 경찰청을 거쳐 삼성으로 금의환향해 KBO 간판 좌타자로 성장했다. 팀을 우승으로 이끌었고, 2017년 당시 최초 100억 원대 계약을 맺으며 KIA 타이거즈로 이적했다. 양의지도 2006년 2차 8라운드 59번으로 두산 베어스에 입단했지만 1년 후 바로 경찰청 야구단에 입대했다.

퓨처스리그에서 실력과 경험을 착실히 쌓고 두산에 복귀해 역시 팀을 우승으로 이끌었다. 그 능력을 인정받아 NC 다이노스와 4년간 125억 원의 대형 FA계약을 성사시켰다. 최주환도 마찬가지로 큰 기대를 걸지 않았던 6라운드 46번(2006년) 지명 선수였다. 그도 입단 후 바로 상무에 입대해서 차근차근 능력을 갖추었다. 팀에 돌아와 그 자질을 인정받고 주전으로 도약해서 팀이 우승하는 데 주역이 되었고, SSG와 대형 FA 계약을 맺었다.

물론 신데렐라처럼 화려한 이야기만 있는 것은 아니다. 대부분의 선수들은 팬들의 머릿속에 이름도 생소한 존재로 남아 천천히 소멸하는 것이 현실이다. KBO를 대표하는 스타가 되기도 하고 소리 소문 없이 은퇴하는 수많은 선수들 사이에서 유독 내 눈에 들어오는 선수가 있다.

그 선수는 바로 허도환이다. 2003년 2차 신인 드래프트에서 7라운드 전체 56번으로 지명된 이 선수는 고교 졸업 당시 큰 기대를 모으지 못했다. 프로구단으로 입단하길 희망하는 그에게 구단 관계자는 대학에 진학할 것을 권유한다. 당시에는 구단이 프로지명권을 보유하는 데 시간적 제한이 없었다(2004년부터 프로지명권은 2년으로 제한을 둬 선수가 대학에 진학하면 구단의 프로지명권은 말소된다). 그는 대학에 진학했다가 2007년 드디어 프로야구 선수로 데뷔한다. 하지만 신인으로 첫 시즌을 마치고 곧바로 방출을 통보 받는다. 열심히 뛰느라 방치했던 팔꿈치가 탈이 나고 만 것이다.

부상을 입고, 프로의 높은 벽을 실감한 그는 야구를 그만둘까 고민하던 차에 지인의 소개를 받아 골프웨어 공장에서 일자리를 찾았다. 아침 일찍 출근해서 밤늦게까지 공장의 물품을 정리하고 박스를 포장하는 일을 했다. 그때껏 야구만 해왔던 그가 야구 바깥의 사회에서 열심히 일하고 받은 월급은 고작 30만 원에 불과했다.

하루하루 갈수록 머릿속에 스멀스멀 피어 오른 것은 다름 아닌 야구였다. 그는 다시 프로야구 세계에 도전하기로 마음먹고, 팔꿈치 수술을 받고 공익요원으로 군복무를 하며 재활훈련에 매달렸다. 지루하고 고단한 훈련을 묵묵히 견뎌냈다. 그 와중에 주말에는 사회인 야구리그가 벌어지는 야구장을 찾아 심판을 보며 돈을 모았다. 한 경기에 주심 역할을 하면 5만 원, 루심 역할을 하면 3만 원씩 벌 수 있었다. 새벽 동 틀 때부터 뙤약볕이 쨍쨍할 때까지 그라운드에서 심판을 보면 20만 원 정도 수중에 들어왔다. 이 돈으로 생활을 유지했다.

군복무를 거의 마무리하던 무렵, 포수가 부족했던 넥센 히어로즈 구단의 관계자에게 연락이 온다. 한 달 가까이 입단 테스트를 받고 그는 육성 선수 신분으로 입단할 수 있었다. 2011년부터 네 시즌 동안 알토란 같은 활약을 하다가 한화 이글스로 트레이드된다. 한화에서도 주전으로 자리 잡지 못하고 다시 세 시즌 뒤인 2018년 SK 와이번스로 트레이드되어 팀을 옮긴다. 이 팀에서 그는 한국시리즈에서 우승을 확정짓는 마지막 공을 받는 영광의 순간을 누리기도 했다. 하지만 다시 두 시즌 만인 2020년 KT 위즈로 트레이드되었다. 어느덧 30대 중반을 넘어선 나이. 주전이 아닌 백업 포수로 활동하는 그는 2021년이 선수로서 마지막 시즌이 될지 모른다고 생각했다.

사실 2021년 시즌을 마치고 그는 데뷔 처음으로 FA 자격을 얻을 수 있었다. FA 계약은 선수의 운명을 좌우하는 무시무시한 양날의 검과 같다. 실력이 출중하고 인기 있는 선수는 에이전트의 도움을 받아 수십억 대의 돈을 벌 수 있지만, 그동안 선수로서의 업적이나 뚜렷한 특기를 보여주지 못한 선수는 어느 구단과도 계약을 맺지 못하고 유니폼을 벗게 된다. 비슷한 경기력을 갖췄다면 구단 입장에서는 조금이라도 젊고 미래에 잠재력을 터트릴 수 있는 어린 선수에게 관심을 보이기 마련이다. '포수'라는 포지션이 희소성이 있긴 하지만, 그동안 계속 백업 포수 역할을 맡은 노장 선수와 계약을 맺을 구단이 있을지 장담할 수 없었다.

허도환 선수의 절실함이 통했던 것일까? 주전 포수의 뒤를 묵묵히 받쳐주는 그는 데뷔 처음으로 정규시즌에서 만루 홈런을 기록하는 등 쏠쏠하게 활약하며 KT의 첫 정규시즌 우승과 한국시리즈 우승에 힘을 보탰다. 그는 KBO 역대 네 번째로 두 개 팀에서 우승한 포수가 됐다. 그동안은 박경완, 김동수, 양의지 선수뿐이었으니 이제 이들과 어깨를 견주게 된 셈이다.

2021년 겨울, 에이전트 없이 그는 직접 LG 트윈스 구단과 협상을 했고, FA 계약을 맺었다. 2년이란 기간과 4억 원이란 금액은 다른 스타급 선수들이 맺은 대형 계약과 비교하면 초라하기 짝이 없다. 하지만 나는 그 어떤 선수의 FA 계약보다 그의 계약 소식이 머릿속에 오래 남는다.

흔히 야구를 인생에 비유하고 인생을 야구에 비유하는데, 허도환 선수야말로 우리 사회를 지탱하는 평범한 직장인들의 모습이 아닐까 싶다. 스펙이 화려하고, 뛰어난 실력까지 겸비해서 매년 회사에 막대한 실적을 안겨주고

억대의 높은 연봉을 받지는 못하지만, 눈에 띄는 가시적인 성과는 아니더라도 자기에게 주어진 업무를 성실히 완수하며 하루하루를 살아가는 사람들 말이다. 다른 선수와 비교하면 소박한 규모의 계약이지만, 2007년부터 시작된 고달프고 힘든 프로생활을 어떻게든 견뎌낸 그동안의 노력을 인정받은 것이 아닐까?

허도환 선수야말로 거북이라고 할 수 있다. 다른 동기들에 비해 후순위로 지명을 받았고 대학까지 졸업하고 프로에 입단했다. 게다가 신인 첫 시즌 후 방출되는 서러움을 안고 다시 프로세계에 돌아오기까지 4년이 걸렸다. 토끼처럼 달려 나가는 또래 선수들에 비해 출발이 늦어도 너무 늦었다. 하지만 지금 입단 동기 선수들 중 많은 이들이 은퇴를 하고, 몇몇 선수가 현역으로 뛰고 있을 뿐이다.

허도환이라는 거북이는 이제 2023년까지 달릴 수 있는 기회가 주어졌다. 그 거북이 과연 얼마나 멀리 내달릴 수 있는지 눈여겨봐야겠다. 사실 허도환 선수보다 더 출발이 열악한 선수들도 많다. 계약금조차 받지 못하고 입단한, 이른바 '육성선수'들이다. 현재 KBO를 대표하는 김현수, 박해민, 서건창 선수는 드래프트에서조차 선택받지 못하고 어렵게 프로에 들어온 과거가 있다. 모두가 부단한 노력과 실력으로 기적을 만들어 낸 슈퍼맨들이다. 이들처럼 드라마틱한 성공 스토리가 아니더라도, 이솝우화의 거북이처럼 차근차근 자신의 성실한 역사를 만들어 은은한 감동을 선사하는 선수들이 계속 등장하기를 기대해 본다.

사족 하나. 실제로 허도환 선수의 별명은 거북이다. 묵묵히 한 걸음 한 걸음 옮기는 거북이의 여정이 유독 그에게 느껴지는 이유가 아닐까? 결코 발이 느려서만은 아닐 것이다.

사족 둘. 허도환 선수가 지명됐던 2003년 드래프트에서 꼴찌로 지명된 선수(2차 9라운드 전체 72번)가 있다. 아직도 현역 선수로 뛰고 있다. '최고의 허슬 플레이' 하면 떠오르는 그 선수, '프리미어12' 한일전에서 기적 같은 역전승의 원동력이 됐던 그 선수도 거북이다. 그는 바로 오재원 선수.

5. 승패의 원인을 찾는 것보다
중요한 것

승패를 가르는 세계에 20년 넘게 있다 보니 알게 모르게 버릇들이 생긴다. 그중 하나가 승자와 패자를 나누고 승인과 패인을 찾는 것이다. 우리 삶을 흑과 백으로 나눌 수 없듯이 사실 모든 결과에 대해 원인을 밝혀내는 일이 너무 도식적이지 않나 싶기도 하고, 솔직히 모호하다고 느껴질 때도 있다. 그럼에도 하는 일이 승부를 가르고 그에 따른 원인을 분석하는 일이다 보니 어쩔 수 없이 승자와 패자에 집중하고 개연성을 밝혀내게 된다.

'○○팀, 대수비 유격수의 결정적인 끝내기 실책으로 패배'

경기가 끝나고 나면 미디어 기사에 이런 유의 헤드라인을 보게 된다. 이 경기를 중계한 나는 동의하기가 어렵다. 언뜻 보면 그 선수의 실책이 팀의 패배를 자초했지만 과연 모든 원인을 그 선수에게 책임 지우는 것이 합당할까 의구심이 든다. 유격수의 실수가 있기 전에 그 팀은 과연 이길 기회가 없었나? 선발 투수가 1회에 홈런을 맞고 초반부터 경기 주도권을 주지 않았다면 흐름이 달라지지 않았을까? 8회초에 역전까지 만들어 놨는데, 8회말에 동점을 허용한 구원 투수들은 패배의 책임에서 자유로울까? 9회초에 만루 상황에서 연속 삼진을 당한 4, 5번 중심 타자들이 안타라도 쳐줬더라면? 감독은 왜 하필 9회말이 시작되기 전에 주전 유격수를 교체한 것일까?

경기가 진행되는 도중에도 수많은 의문들이 꼬리에 꼬리를 문다. 그중 무엇을 승패의 원인으로 잡는가에 따라 방송의 톤이 달라진다. 설령 방송에서 짚어내지 않아도 시청자들은 귀신같이 '베스트 플레이어'와 '워스트 플레이어'를 잡아낸다. 되레 방송에서 그들을 다루지 않으면 팬들은 대번에 캐스터와 해설위원의 직무 유기나 편파 방송을 의심한다.

승리하게 된 원인은 수천 가지가 되고, 크나큰 역할을 한 사람 또한 여럿이 된다. 대개 한 팀이 성적이 좋으면 미디어에서 수많은 요인을 찾아낸다. 반면 팀이 부진한 원인은 한두 가지로 귀결된다. 대개는 감독과 코칭스태프의 리더십을 언급한다. 타자들이 못 치고 투수들이 못 던져서 패배가 쌓이는 것인데, 연패의 책임을 감독과 코치들에게 묻는다. 물론 성적에 대한 책임을 지는 것이 감독 역할이니 어쩔 수 없지만 현장에서 보면 조금 더 과장되고 자극적인 기사들이 양산된다.

야구장에서 비단 욕을 먹는 이는 선수들과 감독, 코칭스태프들만은 아니다. 사실 가장 욕을 많이 먹는 사람은 심판이다. 승부의 결정적인 순간 판정이 내려지다 보니 패배한 팀의 팬들에게서는 원성을 넘어 감정적이고 날카로운 말들이 쏟아진다. 특히 연패에 빠진 팀에게 애매한 판정이라도 나오면 상상도 할 수 없는 비난이 난무한다.

열심히 공부했건만 시험을 망친 학생이 있고, 몇 달 동안 열심히 프로젝트를 준비했건만 인정받지 못하고 되레 상사에게 지적과 꾸지람을 받는 직장인들도 있다. 야구 선수들도 매일 연습하며 경기를 준비하지만 못 치는 날도 있고, 연이어 실책을 범하는 날도 있다. 그런 날이 쌓이면 연패가 된다. 감독과 코치들은 침체된 분위기를 바꾸려고 다양한 시도를 한다. 아예 연습시간을 줄이거나 없애기도 하고, 연습 전에 모든 선수가 모여 단합하며 파이팅을 외치기도 한다. 연패한 팀의 분위기는 경기 전부터 진지하고 무겁다.

경기에서 오심이 벌어지는 경우도 마찬가지다. 오심이 발생하면 이유를 따지기에 앞서 나는 오심을 내린 심판에게 안쓰러운 감정이 앞선다. 심판도 사람이다 보니 실수가 나온다. 사실 심판들도 겨우내 각 팀의 스프링캠프를 돌며 훈련한다. 야구라는 스포츠가 워낙 변수가 많다 보니 수많은 상황에 대응하는 판정 매뉴얼을 익히기도 한다. 특히 몇 년 전부터 비디오 판독제도가 도입되어 승부에 영향을 끼치는 오심을 바로잡을 기회가 생기면서, 한편으론 오심을 현장에서 곧바로 확인할 수 있게 되었다. 그럴수록 심판들은 오심을 하지 않기 위해 무던히 애를 쓰지만, 오심은 야구와 관련된 오래된 명언처럼 "경기의 일부"가 될 수밖에 없다. 요즘 시대의 심판들은 비난과 지적을 감내하고 소신 있는 판정을 내려야 한다.

그런 분위기를 잘 알고 있기에 사실 어느 팀의 패인을 밝혀서 지적하는 일이, 비디오 판독을 통해 느린 영상으로 오심을 확인하는 일이 마치 상처 입은 누군가에게 소금을 뿌리는 것처럼 느껴질 때도 있다. 경기 전 인사도 하고 가벼운 담소를 나눈 선수들, 감독과 코치들 그리고 심판들은 익숙한 사람들이지만, 캐스터로서 나에게 주어진 업무에 소홀할 수 없기에 상황을 전달하고 때론 모진 말을 해야 한다.

가끔은 결과를 초래한 원인을 따지는, 이 종속적인 탐험에서 자유롭고 싶다. 9회말 대수비로 출전해서 끝내기 패배를 저지른 그 유격수가 스프링캠프 때부터 얼마나 혹독한 연습을 견뎌내고 1군 엔트리에 등록됐는지, 고교 시절부터 얼마나 수비에 일가견이 있다고 인정을 받았는지, 평소 야구를 대하는 자세가 얼마나 진지한지는 전하지 못하고 그저 패배의 원흉으로 지적하는 건 서글픈 일이다. 그 경기에서는 결과일지 모르지만, 넓은 관점에서 보면 끝내기 실책은 훗날 그 선수가 훌륭한 선수가 될 수 있었던 원인이 될 수도 있다.

우리 인생도 그렇지 않을까? 우리가 살고 있는 이 모든 순간은 때론 원인이 되고 결과가 될 수도 있다. 가끔은 승패를 확실히 갈라야 하는 야구라는 스포츠에서 승부만이 다가 아니라는 아이러니한 진실을 깨닫는다.

6. 천장에서 유리 파편이
찬란하게 쏟아질 시즌을 기다리며

아무리 생각해도 이건 좀 지나치다 싶습니다.

저희 여자 아나운서의 사진과 함께 '귀여운 뱃살'이란 제목의 기사가 야구 메인 페이지에 걸려 있네요. 아나운서라는 직업은 분명 공인일 것입니다. 직업의 특성상 어쩔 수 없이 도드라질 수밖에 없는 직업이죠. 특히 여자 아나운서는 더욱이 그런 직업입니다. 그런데 거의 매일 여자 아나운서와 관련한 정말 민망한 기사를 접하게 됩니다. 과연 이런 것들을 기사라고 부를 수 있을까 싶은 기사들을 말입니다. 물론 그런 기사를 올리는 포털과 매체의 수준, 그리고 기자의 기자정신도 문제입니다. 그보다 먼저 이런 종류의 기사를 소비하는 일반 대중이 있다고 누군가 얘기하겠죠. 맞습니다. 그런 일반 대중의 관심은 여자 아나운서들에게 고맙기도 할 것입니다. 그러나 적어도 그들에 대한 가십성 기사와 옐로우 저널리즘적 기사들은 지양되어야 하지 않을까요?

제가 아는 대부분의 여자 아나운서들은 철저한 직업의식을 갖고, 완벽한 방송을 위해 최선을 다하는 사람들입니다. 단 5분짜리 리포트를 위해서 밤을 새는 그들의 직업의식이 그들이 입은 옷과 헤어스타일, 적어도 뱃살보다는 더 높게 평가 받아야 하지 않을까요?

벌써 10여 년 전쯤에 작성한 글인데도, 아직도 속에서 화가 끓어오르는 것이 느껴진다. 인터넷 포털 야구 메인 페이지에 올라와 있던 여자 아나운서 기사에 하도 화가 나서 개인 SNS에 올렸던 글이다. SNS를 잘 하지 않던(물론 지금도 잘 안 하지만) 때였는데 정말 언짢았던 것 같다.

작성한 대로 여자 아나운서는 많은 이들의 관심을 받는 선망의 대상이다. 그런 대중에게 주목받기를 바라는 마음도 있을지 모르겠지만, 대개의 여자 아나운서들은 대중에게 비춰지는 이미지보다 자기에게 주어진 역할을 잘 수행해서 실력을 인정받길 희망한다. 어떤 멘트를 준비해서 시청자들에게 좀 더 친절하게 다가가면서 효과적으로 정보를 전달할 수 있을까? 시간이나 거리를 마다 않고 전국으로 출장을 다니기도 한다. 마치 눈요깃거리로 '귀여운 뱃살'이니 '엉밑살' 같은 외모로 평가받기보다 방송에 출연해서 그들이 내놓는 참신한 질문, 예리한 멘트로 얼마나 준비했고 노력했는지를 평가해야 하지 않을까 생각한다.

코로나19 바이러스의 여파로 1년 늦게 진행된 2020 도쿄올림픽을 국내 방송사들이 중계방송했는데 여성 캐스터의 참여 비율이 단 7퍼센트에 불과했다는 사실(한국 양성 평등교육진흥원과 YWCA의 분석)이 언론에 보도(2021년 8월 4일 한겨레신문의 최윤아 기자의 보도)되었다. 325건의 중계방송 중 여성 캐스터가 중계한 경기는 채 25건이 되지 않았다. 지상파 세 개의 방송사에서 파견한 여성 캐스터는 단 두 명뿐이었다.

왜 이 스포츠 방송 분야가 금녀의 구역이 되었을까? 전통적으로 야구, 축구는 남성 캐스터가, 체조는 여성 캐스터가 맡는 식으로 구분되어 낯선 분야에서 도전하려는 여성 아나운서가 드물다고 한다. 남성 위주의 스포츠 커뮤니티에서 평가받아야 하는 부담감, 롤 모델의 부재도 이유로 꼽고 있다.

프로야구 분야에서도 아직 전문 여성 중계 캐스터가 없다. 그간 여러 차례 시도는 있었지만 확실히 인정받고 자리 잡은 이는 없었다. 야구 중계에도 견고한 유리 천장이 있는지도 모르겠다. 150년이 넘는 역사를 자랑하는 메이저리그의 중계방송사史에도 괄목할 만한 여성 방송인의 활약이 드물다고 하니 우리에게도 시간이 좀 더 필요할 것이다. 하지만 미국의 방송사史에서는 의미 있는 이벤트를 마련했다. 2021년 7월 20일, 탬파베이 레이스와 볼티모어 오리올스와의 경기를 중계방송하는 데 중계진을 모두 여성으로 구성한 것이다. 캐스터, 해설위원, 현장 사이드라인 리포터뿐 아니라 스튜디오의 출연자 모두 여성이었다.

우리의 방송 환경을 캐스터와 해설위원으로 국한해서 보면 아직 여성 인력이 모자라다. 다만 경기 전후 인터뷰를 진행하거나 경기 중 새롭게 들어오는 소식(경기 도중 갑작스럽게 어느 선수가 교체된 이유, 부상당한 선수의 현재 상태 등)을 전해주는 여성 아나운서들이 있다. '사이드라인 리포터'라 불리며 말 그대로 현장의 사이드라인 양쪽을 오가며(야구에서는 더그아웃이지만, 경기 중 취재는 불가능하다) 경기 도중 새로운 소식을 알려주는 역할을 맡는다. 방송 1~5년차가 맡게 되는데, 여성 아나운서가 전담하는 경우가 많다. 비슷한 연차의 남성 아나운서들은 하이라이트 더빙을 맡는다. 추후 남성 아나운서들에게 중계 캐스터를 맡기고, 여성 아나운서들에게 생방송 하이라이트 프로그램 진행자 역할을 맡길 것을 염두에 둔 것이다. 사이드라인 리포터 역할을 하다 보면 인맥을 쌓고 정보원들과 교류할 수 있게 된다. 이를 바탕으로 스튜디오에서 진행자로 활약하더라도 현장의 다양한 정보를 계속 알 수 있다.

6, 7년차가 되면 남성 아나운서가 여성 아나운서보다 더 많은 기회를 누린다는 주장이 있다. 사이드라인 리포터들도 대개 계약직 아나운서이다 보니 전문인으로 성장하는 데 한계가 있다고도 한다. 이런 의견에 나도 일정 부분 수긍이 간다.

하지만 현실적으로 모든 이들에게 기회가 공평하게 주어지는 것이 공평한 것은 아니다. KBO에서도 2군 격인 '퓨처스리그'에서 가능성을 지닌 젊은 선수들이 구슬땀을 흘리며 1군 리그에서 실력을 뽐낼 기회를 기다리지만, 모든 선수에게 똑같이 공평한 기회가 주어지지 않는다. 가능성을 인정받으면서도 팀을 상징하는 대표 선수와 포지션이 겹쳐서, 갑작스러운 부상 때문에, 사생활과 관련된 사고와 슬럼프 등으로 잊히는 선수들이 부지기수다. 남성이든 여성이든 가능성이 엿보이거나 그간의 내공이 느껴지는 방송인의 모습을 평가 받으면 기회가 주어지게 된다. 20년 넘게 현장에서 수많은 후배들의 입사, 승진, 퇴사하는 모습을 보며 느낀 건 계약직이라서, 스펙이 부족해서, 든든한 '빽'이 없어서 기회를 못 받는 것이 아니라 도전하지 않아서 기회를 못 잡는 경우가 대부분이었다.

'아무리 그래도 유리 천장이 존재하는 건 사실이잖아. 아무리 높이 올라가봐야 하이라이트 프로그램 진행자밖에 될 수 없는데, 굳이 현장 리포팅을 할 필요가 있을까?'

스포츠 전문 방송인을 꿈꾸면서도 이렇게 망설이는 여성 지망생들이 있을지 모르겠다. 하지만 모든 사이드라인 리포터들이 하이라이트 프로그램 진행자를 꿈꾸진 않는다. 그런 공식을 따를 필요도 없다.

미국의 스포츠 방송 분야에서 새로운 길을 개척한 대표적인 여성들이 있다. 알라나 리조^{Alana Rizzo}와 미셸 타포야 Michele Tafoya가 그들이다. 최근 에린 앤드루스^{Erin Andrews}나 마리아 테일러^{Maria Taylor}처럼 젊고 인기 있는 여성들도 두각을 드러내고 있지만, 두 인물의 존재감은 그야말로 압도적이다.

알라나 리조는 류현진 선수가 LA 다저스에서 활약하던 시절, 중계방송에서 경기 도중 류현진 선수와 관련된 리포트를 한 덕에 우리에게도 낯이 익다. 그 당시 류현진 선수의 선발 등판 경기의 중계방송을 챙겨 본 야구팬이라면 이름은 몰라도 그녀의 얼굴이 낯익을 것이다. 리조는 쿠바 출신 집안의 히스패닉으로 보수적인 미국 사회와 야구 현장에서 알게 모르게 차별을 받았지만, 낙담하기는커녕

유창한 스페인어로 남미 출신의 선수들과 스스럼없이 인터뷰하며 진솔한 답변을 유도하고, 감독 및 코칭스태프에게 과감하고 날 선 질문을 던지며 야구팬들 사이에서 회자되기 시작했다.

대학을 졸업하고 여러 지역 방송사에서 스포츠 리포터로 활동했던 리즈는 2012년부터 2013년까지 MLB 네트워크, 2013년부터 20년까지 다저스에서 사이드라인 리포터로 경기 전후에 선수들과의 깊이 있는 인터뷰와 현장에서 능숙한 진행 솜씨를 선보였다. 그동안의 활약을 인정받아 그녀는 앞서 언급한 여성 중계진으로 꾸려진 방송에 사이드라인 리포터로 발탁되어 현장을 누비기도 했다.

1994년부터 사이드라인 리포터와 진행자로 스포츠 방송 분야에서 일해 온 미셸 타포야는 미식축구 분야에서 명성을 날렸다. 미국의 대표적인 미식축구 프라임 타임 중계방송인 '먼데이 나잇 풋볼Monday Night football'과 '선데이 나잇 풋볼Sunday Night Football'에 모두 출연한, 입지전적인 인물이다. 리포터로 오랫동안 활약한 타포야는 '슈퍼볼(미식축구 결승전)'을 비롯해 NBA, 올림픽, 대학농구, 소프트볼 등 다양한 스포츠 현장을 섭렵하며 전문성을 키워 왔다. 그녀는 올림픽 체조, 대학 농구 여자 결승전, WNBA

프로농구 중계방송을 담당하기도 했다. 그간의 발자취와 업적을 보면 미국을 대표하는 스포츠 캐스터이다.

50세와 60세를 바라보는 알라나 리조와 미셸 타포야는 여전히 현장을 누비고 있다(타포야는 2021년 슈퍼볼 중계방송을 끝으로 정치에 도전한다고 한다). 이 사실은 우리 방송계에도 시사하는 바가 크다. 그들이 이렇듯 전문성을 인정받고 중요한 스포츠 경기의 중계를 맡을 수 있었던 이유는 오랫동안 그 분야에서 실력을 입증했기 때문이다.

우리는 언제쯤 이런 전문가들이 활약하는 모습을 볼 수 있을까? 여성 캐스터가 유려하면서도 막힘없이 경기 상황을 전달하고, 간결하면서도 맥을 짚어주는 여성 해설위원의 깊이 있는 해설이 돋보이는 야구 중계방송을 언젠가 볼 수 있기를 희망해 본다.

여성으로만 구성된 메이저리그 중계방송에 참여했던 한 인물은 인터뷰에서 다음과 같은 말을 했다.

"젊은 소녀들과 여성들, 그리고 라틴계 소녀들이 자신들을 대변하는 목소리를 듣는 것은 야구뿐 아니라 모든 스포츠에 관중이 증가하는 영향을 줄 것입니다. 또한 더 많은 어린 소녀들에게 기회를 넓혀주게 될 것입니다."

7. 누구도 피할 수 없는
마지막이란 순간

"저는 지금 세상에서 가장 운 좋은 사람이라고 생각합니다."

1939년 7월 4일, 뉴욕 양키스타디움에서 서른여섯 살의 루 게릭 선수의 은퇴식이 거행됐다. 근위축성 측색 경화증이라는 병 때문에 은퇴하게 된 그는 이 자리에서 야구계에 오래도록 회자될 감사의 말을 남겼다. 사실 위의 말만 짚어서 들으면 여운이 전해지지 않는다. 끔찍한 병을 앓게 되어 본인의 뜻과 달리 갑작스럽게 은퇴를 하게 됐는데, 운이 좋다니?

은퇴식이 열리기 전부터 양키스타디움에 들어찬 6만1

천 명의 관중은 끊임없이 한 목소리로 "우리는 루를 원해요"라는 합창을 하고 있었다. 그들의 모습에 감동한 루 게릭이 입을 떼고 말한 첫 문장은 "지난 2주간 제 부상과 결장에 대해 많은 분들이 들으셨을 것입니다"였다. 그런데도 관중은 여전히 그에게 아낌없는 응원을 보내주었으니, "세상에서 가장 운 좋은 사람"이란 표현은 그의 진심에서 우러난 말이었을 것이다.

KBO 리그도 40년이 넘어가면서 많은 선수들의 은퇴식이 거행됐다. 선수로서 마지막으로 유니폼을 입고 작별 인사를 건네는 자리가 바로 은퇴식이다. 1년에 백 명 넘는 선수들이 프로야구단에 입단하지만, 은퇴식이란 특별한 행사를 누릴 수 있는 선수는 정말이지 몇 명 되지 않는다. 그런 은퇴식 경기를 중계방송할 수 있는 기회는 사실 흔치 않다. 내가 아무리 좋아했던 선수라도 다른 채널의 중계 순서이거나 다른 캐스터들의 중계 순서면 나도 시청자의 입장에서 그 경기를 지켜볼 수밖에 없다.

우리 방송사는 스포츠 채널을 열고 프로야구를 중계방송할 때부터 은퇴식 경기를 중계해 달라는 요청을 많이 받았다. 제작진들의 감성적인 영상 편집과 현장 분위기를 담아내는 연출력, 허구연 위원의 선수에 대한 폭넓은 이

해와 정보력을 인정한 구단들과 선수들의 요청이 빗발쳤다. 운 좋게도 장종훈(한화 이글스), 송진우(한화 이글스), 서용빈(LG 트윈스), 정민철(한화 이글스), 이승엽(삼성 라이온즈), 권오준(삼성 라이온즈) 선수 은퇴식 실황을 중계했다. 모두가 팀의 한 시대를 대표한 '레전드급' 선수들이었다.

이런 걸 보면 프로야구 선수들과 방송인들은 비슷한 공통점이 있다. 대개의 방송인들도 평범한 프로야구 선수들처럼 조용히 사라진다. 은퇴 방송은 상상할 수도 없다. 나이가 들어 밀퇴(밀려서 당하는 은퇴)당하는 경우가 대부분이다. 프로야구 선수들은 시즌 후 재계약을 하지 못하거나 구단에서 방출당하고 새로운 팀에 입단하지 못하게 되면 자연스럽게 그라운드를 떠난다. 은퇴를 예고한 선수가 아니라면 지금 출전하고 있는 이 경기가 마지막 경기인지도 알 수가 없다. 방송인들도 마찬가지다. 지금 하고 있는 방송이 마지막이라고 생각하는 캐스터와 해설위원, 리포터는 없다.

"우리는 오랫동안 친구였지요, 여러분들이 저를 필요로 했던 것보다 항상 더 많이 제가 여러분을 필요로 했다는 것을 마음속 깊이 알고 있습니다. 그리고 우리가 함께했던 시간이 무척 그리울 겁니다. 하지만 여러분도 알다시피, 새로운 날은 올 것이고, 새로운 해도 올 것입니다. 그리고 이번 겨울이 봄으로 바뀔 때, 우리는 다시 다저스 야구를 할 때가 되리라는 걸 잘 알고 있습니다. 지금까지 빈 스컬리였습니다. 어디에 계시든 즐거운 오후 보내시기 바랍니다."

다저스에서 67년 동안 캐스터로 중계방송을 한 빈 스컬리가 2016년 은퇴를 알리고 마지막 방송에서 팬들에게 보낸 끝인사 말이다. 그는 행복한 방송인이다. 이렇게 근사하게 팬들에게 인사를 건네며 방송생활을 마무리 지을 수 있다니 부러울 따름이다. 하지만 이런 은퇴 자리의 주인공이 되기까지 그는 얼마나 그 시간을 치열하게 살아왔을까? 한 팀에서 야구 중계를 무려 67년 동안 한다는 건 말만 들어도 현기증이 날 정도다. 완벽한 자기 관리와 발전이 없었다면 이 오랜 세월 동안 청취자들과 야구팬들의 지지와 응원은 기대하기 어려웠을 것이다.

"저는 오늘 이 방송이 마지막이라고 생각해서 매번 사진으로 남겨요. 내일부터 개편이 돼서 제 프로그램이 없어질 수도 있고, 생각지도 못한 일이 벌어져서 내일부터 제가 이 방송을 못 할 수도 있잖아요."

사이드라인 리포터로 시작해 〈베이스볼 투나잇〉 MC까지 맡았다가 현재는 프리랜서로 활동하고 있는 후배 장예인 아나운서는 이렇게 말했다. 맞는 말이다. 오늘이 마지막이 될지 모른다고 생각하고 언제나 최선을 다하는 자세. 그런 태도를 갖춰야 프로라고 할 수 있을 것이다.

어쩌면 프로페셔널에게 은퇴나 밀퇴 혹은 은퇴식은 아무 의미가 없을지도 모른다. 누구든 자신의 모든 것을 바쳤던 일을 그만두게 될 날은 오기 마련이다. 그날, 그 순간 자기 스스로 만족할 수 있고 행복할 수 있는지가 가장 중요한 게 아닐까? 과연 캐스터로서 마지막 순간을 맞이할 때 혹은 오늘 이 방송이 마지막이라고 한다면 나는 그간의 삶에 만족할 수 있을까? 나 스스로에게 이런 질문을 던져본다. 내일이 마지막 야구 중계방송이라면 나는 오늘 무엇을 준비할까?

이 순간이 더할 수 없이 소중해진다.

일하는사람 #007
두 평 반의 진땀 나는 야구세계

초판 1쇄 발행 2022년 4월 8일
초판 3쇄 발행 2024년 6월 26일

지은이 | 한명재
발행인 | 강봉자, 김은경

펴낸곳 | (주)문학수첩
주소 | 경기도 파주시 회동길 503-1(문발동 633-4) 출판문화단지
전화 | 031-955-9088(마케팅부), 9536(편집부)
팩스 | 031-955-9066
등록 | 1991년 11월 27일 제16-482호

홈페이지 | www.moonhak.co.kr
블로그 | blog.naver.com/moonhak91
이메일 | moonhak@moonhak.co.kr

ISBN 978-89-8392-898-6 03810